어떤 고백

김리리 소설

문학동네

차례

우주 소녀 007

수 043

남친 만들기 081

문 115

나를 위한 노래 157

작가의 말 206

우주 소녀

“이건 비밀인데……. 사실 나는 우주에서 왔어.”

그 아이가 내 귀에 대고 속삭이듯 말했다.

우리 반에서 가장 키가 작고, 비쩍 마른 그 아이는 공부를 엄청 못하는데도 늘 표정이 밝고, 아무나 보며 생글생글 웃어 댔다.

아까도 그랬다. 집을 나와서 목적 없이 동네를 몇 바퀴째 돌고 있을 때였다. 오래된 빌라 사이에 있는 작은 공터, 무단 투기한 쓰레기 더미 사이에서 길고양이와 놀고 있는 그 아이를 발견했다. 급하게 집을 나와서 옷차림이 추레한 데다, 특유의 그 미소가 부담스러워 고개를 푹 숙이고 못 본 척 빠른 걸음으로 지나쳐 가려는데, “안녕!” 그 아이의 목소리가 들려왔다. 설마 나는 아니겠지, 서둘러 주위를 둘러보았지만 나 외에는 아무도 없었다. 고양이한테 한 말이구나 싶어 다시 걸음을 재촉할 때였다.

“너, 집 나왔구나?”

순간 발바닥부터 찌르르 전기가 오르며 다리가 얼어붙는 것 같았다. 신기가 있다는 그 아이에 대한 소문이 떠올랐다. 타로 점을 잘 보고 사람의 운명도 볼 수 있다는 소문이었는데, 특히 연애 점을 아주 잘 본다는 이야기가 돌면서 점심시간이나 쉬는 시간에 다른 반 아이들까지 찾아올 정도였다. 하지만 그건 어디까지나 소문일 뿐, 아무리 신기가 있다고 해도 내가 집 나온 걸 절대 알 리 없다. 집을 나온 지 겨우 몇 시간밖에 안 되었고, 아직도 집을 나와야 할지 말아야 할지 결정을 내리지 못했다. 어쩌면 내 꼴이 초라해서 눈치챘을지도 모른다. 아니면 아까부터 동네를 어슬렁거리며 방황하고 있는 나를 봤을 수도 있다.

"나한테 한 말이야?"

나는 최대한 태연하게 물었다.

"그럼 여기 너 말고 누가 있는데?"

그 아이가 나를 올려다보며 쌩긋 웃었다. 그 아이의 눈꼬리가 살짝 올라갔다. 마치 내 속을 다 들여다보고 있는 것 같아, 등에서 식은땀이 났다.

집을 나오기 전에 동생 새미랑 한판 붙었다. 무슨 말만 하면 눈을 부릅뜨고 "변태 주제에⋯⋯." 해서 머리를 쥐어박은 게 문제였다.

"엄마, 변태가 나 때렸어!"

새미는 울면서 달려갔고, 엄마는 내 이야기를 듣지도 않고 또 새미 편만 들었다.

우리 집에서는 나보다 한 살 아래인 새미가 왕이다. 하지만 새미한테 모든 권력이 넘어가기 전까지만 해도 오랫동안 우리 집 왕은 나였다. 어릴 때 유치원에서 영재성 검사를 하고 영재 평가를 받은 뒤, 엄마 아빠는 나를 왕처럼 떠받들고 전폭적인 지지를 아끼지 않았다. 유명한 학원은 모두 보내 주었고, 진짜 영재들만 간다는 청목중학교에 보내기 위해 6학년 때는 지금 사는 동네로 이사까지 왔다. 그러나 부모님의 기대와는 달리 나는 청목중학교 입학시험에 보기 좋게 떨어졌다. 반면에 영재로 평가받은 적도 없고 학원도 많이 다니지 않았던 새미가 청목중학교에 가볍게 들어가는 이변이 일어났다. 우리 집 형편상 '되는 놈만 민다'는 엄마 아빠의 인생 좌우명에 맞게 그 뒤로 모든 지원은 새미한테 집중되었다. 집안의 대소사는 새미의 스케줄에 맞추어졌고, 오랫동안 나에게 있었던 외식 메뉴 선택권도 새미에게 넘어갔다.

그깟 성적 때문에 나의 권력이 모두 새미한테 넘어간 것도 억울한데, 엄마 아빠는 물론 새미한테까지 무시를 당하게 되는 사건이 일어났다. 어느 날 호기심에 이상한 메일을 확인했다가 야동 창이 멈추지 않고 계속 뜨는 끔찍한 바이러스에 컴퓨터가 감염되었다. 어떻게든 내 힘으로 치료를 하려고 낑낑대고 있을 때, 새미가 노크도 안 하고 내 방에 불쑥 들어와 버렸다.

"으악, 이런 변태!"

새미는 까무러치듯 놀라서 뛰어나갔고, 내가 말릴 사이도 없이 엄마 아빠한테 고스란히 일러바쳤다.

"왜 자꾸 성적이 떨어지나 했더니, 다 이유가 있었네."

"여동생 앞에서 아주 가지가지 한다."

엄마 아빠는 나를 상습범 보듯 했고, 새미는 그 뒤로 쭉 나를 변태 취급하고 있다. 솔직히 나는 정말 억울하다. 아무런 죄책감 없이 야동에 중독된 애들도 많은데, 나는 야동이 청소년의 정신 건강에 매우 나쁘다고 생각하는 쪽이다. 특히 나처럼 감수성이 풍부한 사춘기 소년한테는 더욱 그렇다. 그러나 아주 가끔, 화산처럼 폭발하는 호기심이 나의 의지를 넘어설 때가 있다. 그날이 그랬다. 자제력을 발휘하기도 전에 내 손이 먼저 마우스를 누르고 말았던 거다.

그날 이후 내 목숨과도 같은 휴대폰도 압수당하고, 컴퓨터는 거실로 옮겨졌다. 그뿐만이 아니다. 엄마랑 새미가 친척들한테까지 소문을 다 내서 삼촌, 이모, 이모부한테 놀림거리가 되어 버렸다. 이번 추석 때는 너무 창피해서 아무 데도 가지 못하고, 새미가 친척 집을 돌며 맛난 음식 먹고 용돈 수금하러 다니는 동안 나는 집에서 혼자 컵라면을 끓여 먹으며 비참하게 보내야 했다.

그래서 오늘 새미의 '변태'라는 말에 이성을 잃게 된 거다.

불가촉천민 주제에 고귀하신 여왕님의 머리를 쥐어박았으니 졸지에 나는 대역죄인이 되었고, 이 눈부신 가을날에 자의 반 타의 반으로 쫓겨나듯 집에서 나오고 말았다. 현관문을 나서며 '영원히 집으로 돌아오지 않으리라' 가슴속 깊이 맹세했지만, 시간이 지날수록 꺼져 가는 뱃가죽과 함께 집으로 돌아가고 싶은 마음이 간절해졌다. 엄마 아빠는 아직 내가 가출한지도 모르고 있을 거다. 그러니 공식적으로 가출은 아니다.

"그게 말이야……."

혹시 학교에 소문이라도 낼까 봐 핑곗거리를 찾고 있는데, 그 아이가 내 말을 뚝 끊었다.

"얘 말이야, 눈 한쪽이 애꾸야. 버려진 것도 불쌍한데, 한쪽 눈까지 잃었어. 모두 지구인들이 한 짓이야."

그 아이가 갑자기 이상한 소리를 했다.

"뭔 소리야, 그럼 넌 지구인이 아니란 말이야?"

내 질문에 그 아이는 고개를 끄덕였다. 그리고 가까이 와 보라고 손짓을 하고는 내 귀에 속삭이듯 한 말이 바로 자기가 우주에서 왔다는 거다. 처음에는 너무 어이가 없어서 웃음이 나왔지만, 그 아이의 표정이 꽤나 진지해서 계속 웃을 수가 없었다. 어쩌면 정말 우주에서 온 아이일지도 모른다는 생각마저 들었다 그 아이의 이름은 조하나이다. 우리 반에서 유일하게 휴대폰이 없는 애다. 조하나는 부모님이 안 계시고 할머니랑 둘이 살고 있다. 부모님은 교통사고로 돌아가셨다는 소문도 있고, 병으로 돌아가셨다는 말도 돌았다. 어찌 되었든 고아가 된 조하나는 할머니한테 맡겨졌다고 한다. 들리는 소문에 의하면 조하나네 할머니가 어마어마한 부자라고 한다.

우리 동네는 조하나가 사는 집을 중심으로 윗동네와 아랫동네로 나뉜다. 윗동네에는 아파트들이 있고, 아랫동네엔 오래된 주택과 빌라들이 모여 있다. 그 중간 경계선에 조하나가 사는 집이 있다. 높다란 담장은 초록 담쟁이덩굴로 뒤덮여 있고, 담장 너머로 잘 다듬어진 정원수가 비죽배죽 고개를 내밀고 있다. 학교에 갈 때마다 그 집을 지나야 하는데, 웅장해 보이는 이층집은 늘 창문마다 회색 커튼이 내려져 있어서 공포 영화에 나오는 고택처럼 음산하면서 기괴한 느낌이 들었다. 그 집을 지날 때면 자주 들려오는 고양이 울음소리도 어쩐지 으스스했다. 아파트가 들어설 때 건설사에서 크게 보상을 해 준다고 해도 조하나네 할머니가 그 집을 끝까지 팔지 않았다고 한다. 어쩌면 그 집을 팔지 않은 이유가 넓은 정원에 우주선이라도 숨기고 있어서일지도 모른다는 생각이 들었다.

"그, 그럼 외계 생명체?"

내 말에 조하나가 크게 웃음을 터뜨렸다.

"내가 우주에서 온 건 분명하지만 외계인은 아니야. 단지 지구인으로 길들여지지 않아서 우주인으로 남아 있을 뿐이지."

도무지 무슨 말을 하는 건지 몰라서 나는 멍하게 조하나 얼굴만 바라보았다. 외계어라도 쓰는 것처럼 좀처럼 이해가 되지 않았다. 내 표정을 읽었는지 조하나가 계속 말을 이었다.

"사실 인간은 모두 우주인인데 단지 그걸 잊고 있을 뿐이야. 어렸을 때는 모든 사람이 우주인의 기억을 가지고 있는데, 지구인으로 길들여지면서 우주인의 기억은 사라져. 우리가 어렸을 때를 기억 못 하는 게 바로 그 증거야. 그런데 아주 드물게 우주인인 채로 남아 있는 사람들이 있어. 지구인으로 길들여지는 데 실패한 사람들이지. 바로 나처럼 말이야."

순간, 과학 시간에 선생님이 했던 말이 떠올랐다. 선생님은 사람 몸을 이루는 원소와 우주의 주요 원소가 일치한다고 했다. 그 말이 너무 신기해서 열심히 들었던 기억이 난다.

나도 모르게 점점 조하나의 말에 빠져들었다.

"그럼, 너는 아기였을 때를 기억해?"

"당연하지. 내가 태어나던 순간도 기억하는걸. 손가락을 빨면서 편하게 단잠을 자고 있는데 무언가 나를 강하게 밀어내는 힘이 느껴졌어. 나는 밖으로 나가기 싫어서 몸부림을 쳤지. 하지만 온몸이 강하게 조여 오면서 끔찍한 고통이 느껴졌어. 내 몸이 산산조각 나는 것처럼 말이야. 갑자기 고통이 멎고, 눈부신 빛이 보였어. 슬픈 느낌이 들면서 울음이 나왔지. 그때 누군가 나를 따뜻하게 안아 주었어. 고개를 들고 보니 어떤 여자가 행복한 눈빛으로 나를 내려다보고 있었어. 옆에서 사랑스럽다는 눈빛으로 나를 바라보는 남자도 있었지. 우리 엄마와 아빠였던 거야. 나는 엄마가 나를 보고 흘렸던 눈물을 기억해. 따뜻한 눈물이 내 얼굴로 떨어졌는데, 지금도 그 순간의 기억을 잊을 수가 없어.”

“이상하다. 아기들은 태어났을 때 아무것도 못 본다고 하던데…….”

나는 어디선가 들은 이야기를 했다. 내 말이 끝나기도 전에 조하나가 나를 째려보았다.

“누가 그래? 아기들한테 물어봤어? 어른들과 다르게 보는 건 사실이지만 그렇다고 아무것도 안 보이는 건 아니야. 아기들은 눈으로만 보는 게 아니라 온몸으로 느끼는 거지.”

“온몸으로 느낀다고?”

“그럼. 참, 너 배고프지?”

조하나가 갑자기 물었다. 나는 대답 대신 고개를 끄덕였다. 조하나가 가방에서 초코파이를 꺼내서 나에게 주었다. 나는 고맙다는 말도 안 하고 얼른 봉지를 뜯어 초코파이를 꺼내 먹었다. 배가 고파서 그런지 초코파이가 더욱 달콤했다. 조하나가 한눈파는 사이 손가락에 묻은 초콜릿까지 쪽쪽 빨아 먹고는 다시 궁금한 걸 물었다.

"좋아. 네가 다 기억한다 치고, 또 다른 우주인의 특징이 있어?"

"다른 사람들이 느끼지 못하는 걸 느낄 수 있어. 예를 들어 운명 같은 거……. 그리고……."

"그리고 또 뭐?"

"영혼을 볼 수 있어."

"그럼 내 영혼도 볼 수 있겠네. 내 영혼은 어떤데?"

나는 마른침을 꼴깍 삼켰다. 혹시 내가 야동을 본 사실을 들킬까 봐 두려웠다. 내 영혼에 음란 마귀가 씌어 있거나, 아니면 쭈글쭈글 초라하고 음침한 영혼이 보이면 어쩌나 걱정되었다.

조하나가 눈을 크게 뜨고 내 눈을 똑바로 바라보았다. 그 아이의 검은 눈동자가 빛났다. 나는 한 번도 그렇게 맑은 눈빛을 본 적이 없다. 마치 마법에 걸린 것처럼 몸이 굳었다.

"너의 영혼은…… 투명하고 맑아. 좋은 사람이란 뜻이지!"

조하나가 생글생글 웃었다. 순간, 가슴속에서 뜨거운 무엇인가가 울컥 올라왔다. 그 말이 거짓말이라 해도 상관없었다. 세상에서 단 한 사람, 나를 좋은 사람으로 봐 주는 한 사람만 있으면 된다. 나는 처음으로 우리 가족이 아닌 다른 사람 앞에서 눈물을 보이고 말았다. 그것도 같은 반 여자아이 앞에서 말이다. 정말 바보 같은 짓을 해 버렸다.

"괜찮아. 우주인은 다른 사람의 비밀을 함부로 발설하지 않아."

조하나가 조용히 내 눈을 응시하며 말했다.

오늘따라 자꾸 교실 뒷문 쪽을 돌아보게 된다. 뒷문 바로 앞이 조하나의 자리다. 비밀로 해 준다고는 했지만 어제 일이 자꾸 신경 쓰였다. 조하나는 보통 수업이 시작되기 전, 선생님이 교실에 들어오기 바로 전에 뒷문을 열고 들어온다. 하얀 이를 드러내며 환히 웃으면서. 그런데 오늘은 수업이 시작되고 한참 지나고 나서도 교실에 나타나지 않았다. 하필이면 첫 시간이 수학이다. 성질 더럽기로 유명한 수학한테 걸리면 끝장인데……. 차라리 조하나가 수학 시간이 끝나고 왔으면 하는 바람이 들었다. 그때 뒷문이 스르륵 열렸다. 조하나는 두 손으로 교복 외투를 꼭 여미고는 조심스럽게 교실로 들어왔다. 교복 안에 무엇인가를 숨기고 있는 듯 외투가 불룩했다. 조하나는 꾸벅 인사를 하고는 급하게 자기 자리로 향했다.

"지각한 주제에 어디를 쥐새끼처럼 그냥 들어가?"

수학이 눈을 부릅뜨고 물었다. 조하나는 안절부절못하며 외투를 더 꼭 여몄다.

"안에 숨긴 건 또 뭐야?"

"선생님, 죄송해요."

조하나의 외투 속에서 미야옹, 고양이 소리가 가늘게 났다. 아이들이 술렁거리기 시작했다.

"분명히 고양이 소리였는데……. 내가 잘못 들은 건 아니지?"

수학이 귀를 후비며 물었다.

"죄송해요……."

"죄송 그만 찾으시고, 품속에 숨기고 있는 거나 빨리 내놔 봐."

수학 목소리에 짜증이 잔뜩 묻어났다.

조하나가 수학 눈치를 보며 조심스럽게 외투에서 무언가를 꺼냈다. 조하나 품에서 나온 건 까만 새끼 고양이였다.

"어머, 귀여워."

"고양이 진짜 귀엽다."

아이들이 시끄럽게 떠들어 댔다.

"모두 조용히 해. 여기가 동물원이냐? 고양이를 왜 학교에 데리고 와?"

"새끼 고양이가 밤새 많이 아파서 병원에 다녀오느라 늦어서요……."

"변명은 필요 없고, 고양이 빨리 내보내."

수학이 매정하게 말했다.

"고양이가 많이 아파서 제가 옆에서 계속 간호를 해 줘야 해요, 선생님. 정말 죄송해요. 새끼 고양이라 잠만 자서 수업에 방해가 되지는 않을 거예요."

"그럼 고양이 데려가서 간호나 하고 있지, 학교는 왜 왔어?"

미야옹미야옹, 소란스러운 소리에 새끼 고양이가 놀랐는지 갑자기 크게 울어 댔다. 조하나는 고양이 등을 쓰다듬으며 겁먹은 얼굴로 그대로 서 있었다.

"뭐 하는 거야? 빨리 데리고 나가라니깐."

조하나가 고양이를 꼭 끌어안았다. 조하나의 눈에 눈물이 가득했다. 눈물을 보자 내 심장에 찌릿, 통증이 느껴졌다.

"저, 선생님……."

나도 모르게 목소리가 튀어나왔다.

"뭐야?"

수학이 나를 보며 버럭 화를 냈다. 모두 나를 바라봤다. 심장이 쿵쿵쿵 사납게 뛰었다.

"우리만 조용히 하면 고양이가 시끄럽게 우는 것도 아니고, 수업에 방해가 되는 것도 아닌데 그냥 같이 있게 해 주세요."

나는 겨우 용기를 내어 말했다. 수학이 어이없다는 듯 코웃음 쳤다.

“너희 둘이 사귀냐? 평소에 얌전한 녀석이 왜 갑자기 끼어들
어?”

수학 말에 아이들이 웃음을 터뜨렸다.

“그게 아니고요…….”

너무 당황해서 얼굴이 화끈거렸다.

“선생님, 고양이랑 그냥 수업하게 해 주세요.”

“맞아요. 고양이가 너무 불쌍해요.”

다행히 여자아이들이 내 말을 거들어 주었다. 수학 눈빛이 흔
들렸다.

“선생님, 빨리 진도 나가요.”

“18번 문제 빨리 풀어 주세요.”

이번에는 남자아이들도 거들었다.

“내가 인간성이 좋아서 참는다. 대신 고양이가 계속 울거나 수
업 분위기가 엉망이면 즉시 내쫓을 거다. 알겠지?”

수학이 마지못해 허락해 주었다.

“선생님, 고맙습니다.”

조하나가 손등으로 눈물을 훔치고는 몇 번이고 고맙다는 인사
를 했다. 다행히 수학 시간은 그 뒤로 조용히 지나갔다.

쉬는 시간 종이 울리자마자 아이들이 조하나 자리로 몰려들
었다.

"새끼 고양이 너무 예쁘다."

"잠자는 모습이 진짜 아기 같다."

"하나야, 너 꼭 고양이 엄마 같아."

아이들이 웃으며 호들갑을 떨었다. 나도 가까이에서 고양이를 보고 싶었지만, 꾹 참았다.

그 뒤로 수업이 바뀔 때마다 아침처럼 또 난리가 날까 봐 걱정되었다. 그러나 교실에 들어온 선생님들은 전혀 눈치를 채지 못했고, 새끼 고양이는 얌전히 잠을 잤다. 아이들은 고양이가 편하게 잘 수 있도록 숨도 조심히 쉬었다. 선생님들은 오늘따라 우리 반이 왜 이렇게 조용하냐며 신기해할 뿐이었다.

영어 학원이 끝나자 아홉 시가 다 되어 있었다. 밤바람이 차가웠다. 옷을 너무 얇게 입고 나와서 그런지 온몸이 덜덜 떨렸다. 빠른 걸음으로 집으로 향하는데, 조하나네 집 근처에서 저절로 발이 멈추었다. 조하나네 집 앞에 검은 그림자가 보였다. 대문 앞에 누군가 쪼그리고 앉아 있었다. 가까이 다가가니 조하나가 고양이를 안고 있었다.

"너 거기서 뭐 해?"

"그냥 바람 쐬고 있었어."

조하나가 나를 올려다보며 힘없이 대답했다. 바람이 꽤 찬데,

아픈 고양이를 데리고 대문 밖에 있는 게 이상했다.

"괜찮아?"

나는 조심스럽게 물었다.

"나 부탁이 있는데……. 이 고양이 네가 좀 맡아 주면 안 될까?"

"내, 내가?"

조하나의 갑작스러운 부탁에 나도 모르게 뒷걸음을 쳤다.

"며칠 전에 길에서 발견했는데, 다 죽어 가고 있었어. 내가 키우고 싶지만, 우리 할머니가 천식이 심해서 우리 집에서는 고양이를 키울 수가 없어."

"그럼, 다른 아이를 찾아봐. 고양이 좋아하는 아이들 많잖아."

"강재민, 부탁할게."

조하나가 간절한 눈빛으로 내 이름을 부르고 있었다. 조하나의 눈빛이 '너의 영혼은 투명하고 맑아. 좋은 사람이란 뜻이지!' 하고 말하는 것 같았다.

"아, 알았어."

덜컥 승낙을 해 버렸다.

조하나 두 볼에 생기가 다시 돌았다.

"이건 고양이 분유야. 당분간 분유를 먹이고, 건강해지면 사료를 먹이면 돼."

조하나는 가방에서 작은 깡통에 든 고양이 분유와 젖병을 꺼냈다. 그러고는 분유 먹이는 방법을 자세히 알려 주었다. 설명을 다 마치고 조하나가 조심스럽게 고양이를 내 품에 안겨 주었다. 고양이가 생각보다 너무 가벼웠다. 조금만 세게 끌어안으면 부서져 버릴 것 같아 겁이 났다.

"그러다가 떨어지면 어떻게 해. 잘 안아야지."

조하나가 고양이를 감싸고 있는 회색 담요를 덮어 주고는 내 팔을 고정해 주었다. 새끼 고양이가 잠에서 깨어나 나를 올려다보며, 미야옹미야옹 울었다.

"애도 네가 마음에 드나 보다. 너랑 만날 운명이었던 것 같아."

조하나는 고양이와 헤어지는 게 아쉬운 듯 다정하게 고양이 등을 쓰다듬었다. 조하나가 고양이를 바라보는 눈빛이 사랑스럽게 느껴졌다. 갑자기 내 심장이 쿵쿵 뛰었다.

"강재민, 정말 고마워!"

조하나가 까만 눈동자로 나를 바라봤다.

"고, 고맙긴……."

나는 제대로 대답도 못 하고 고양이를 더 꼭 끌어안았다.

"변태가 드디어 미쳤구나!"

고양이를 데리고 집에 들어서자마자 새미가 비아냥거렸다.

"넌 도대체 생각이 있는 거니? 너희 둘 뒤치다꺼리하기도 바쁜데, 고양이까지 어떻게 키우라고……. 고양이 털이 얼마나 많이 빠지는지 알아? 청소는 누가 할 거야? 더욱이 병든 고양이라면 이상한 병균이 있을지도 모르는데, 무작정 데려오면 어떻게 해?"

엄마는 나를 째려보며 길게 한숨을 내쉬었다. 나는 죄인처럼 고양이를 안고 내 방으로 들어갔다. 고양이나 나나 신세가 처량하게만 느껴졌다. 그런데 이런 상황 속에서도 고양이는 새근새근 잠을 잘 잤다. 잠자는 모습이 평화로워 보였다. 나는 마지막 기대를 아빠한테 걸었다. 아빠는 내 편이 되어 줄지도 모른다.

"아주 가지가지 한다. 이제 허락도 없이 길고양이까지 데리고 들어오냐? 며칠만 데리고 있다가 건강해지면 밖에 내보내."

뒤늦게 들어온 아빠가 차갑게 한 말이었다. 내 기대는 보기 좋게 빗나가고 말았다.

고양이가 우리 집에 온 날부터 가족들은 나를 투명 인간 취급했다. 며칠 동안 가족들 눈치 보느라 방에 콕 박혀서 나가지도 못했다. 나는 고양이 이름을 '구박이'로 지었다. 처량한 내 신세와 꼭 닮아서다. 녀석이 불쌍해서 더 정성스럽게 보살펴 주었다. 조하나가 알려 준 대로 세 시간에 한 번씩 분유를 먹였다. 조하나가 준 작은 젖병으로 먹였는데, 처음에는 잘 빨지 못하다가 하루가 지나자 고무젖꼭지를 힘차게 빨기 시작했다. 구박이는 나날이

기력을 회복해 갔다. 방을 돌아다니고, 양말을 가지고 장난을 치기도 했다. 구박이가 건강해질수록 가족들 눈치가 더 보였다. 아빠와 약속한 대로 구박이를 내보내야 하는 시간이 점점 다가오고 있는 것 같아 초조해졌다.

조하나에게 구박이를 돌려주고 싶다는 말을 연습했지만 막상 조하나의 밝게 웃는 얼굴을 보면 그 말이 목구멍 안에 갇혀서 밖으로 나오지 않았다.

'그래, 딱 하루만이다. 하루만 더 데리고 있다가 돌려보내야지!'

늘 마음속으로 다짐만 하고 집에 돌아올 뿐이었다.

오늘도 결국, 수업이 끝날 때까지 고양이 데려가라는 말을 하지 못하고 집으로 향했다. 엄마와 새미한테 욕먹을 각오를 하며 힘없이 현관에 들어서는데, 거실에서 구박이랑 공놀이를 하고 있는 새미를 발견했다. 나는 놀라서 멍하게 새미를 바라보았다. 새미는 도둑질하다 들킨 것처럼 나를 보고 흠칫했다. 그러고는 무안한지 방긋 웃었다.

"오빠, 이 고양이 너무 귀여워."

순간, 내 귀를 의심했다. 새미가 나를 변태 대신 오빠라고 부르고 있었다. 새미가 오랜만에 존경스러운 눈빛으로 나를 올려다보았다. 어릴 때는 늘 그런 눈빛으로 나를 바라보며 귀찮을 정도로 졸졸 따라다녔었다. 이제 그런 눈빛은 바라지도 않는다. 변태라고 부르지 않는 것만으로도 눈물이 날 지경이었다.

"재민아, 엄마가 다시 생각해 봤는데, 이 고양이 그냥 우리가 키우는 게 좋겠다. 새미가 요즘 공부 스트레스 때문에 통 잠을 못 자고 신경이 많이 예민했는데, 고양이가 오고 나서 많이 좋아졌어. 어디서 들었는데 반려동물 키우는 게 새미 같은 아이들한테 좋다고 하더라. 그리고 너한테도 그렇고……."

새미가 요즘 많이 예민한 건 알고 있었지만, 그 정도인 줄은 몰랐다.

무엇보다 아빠가 갑자기 변한 게 놀라웠다.

"요 녀석, 아주 요물이 따로 없더구나. 애교가 얼마나 많은지……. 고양이 보려고 일찍 퇴근하고 싶을 정도라니까."

아빠는 헛기침하며 계속 말을 이었다.

"그리고 너처럼 성에 대한 호기심이 왕성한 청소년 시기를 동물을 돌보며 건전하게 보내는 것도 괜찮을 것 같다."

오랜만에 우리 집에 평화가 찾아온 느낌이었다. '운명'이라고 했던 조하나의 말이 떠올랐다. 조하나는 이 모든 걸 예견하고 구박이를 나에게 맡긴 걸까? 갑자기 궁금해졌다.

"고양이는 많이 건강해졌어? 요즘 어때?"

웬일로 일찍 학교에 온 조하나가 특유의 걸음걸이로 통통 걸어와서는 물었다.

"구박이? 잘 지내고 있지!"

"뭐야, 너희 집에서 구박받고 있는 거야?"

조하나 눈이 커졌다.

"아니, 처음에는 구박받았는데, 지금은 우리 집 보물이 되었어. 나도 구원해 주고 말이야. 이제 '구원이'라고 이름을 바꿀까 봐."

우리 집에서 불가촉천민이었던 나를, 변태 취급받던 나를 구원해 준 건 사실이었다.

"잘됐네. 구박이란 이름도 나쁘지 않네. 나도 구박이 보고 싶어. 너희 집에 놀러 가도 되지?"

"뭐, 우리 집에 오겠다고? 왜?"

나는 너무 놀라서 소리쳤다. 초등학생 때야 여자아이들도 자주 놀러 왔지만, 중학생이 되고 나서 내 손님으로 여자애가 우리 집에 방문한 적은 없었다. 구박이를 처음 집에 데려왔을 때 우리 가족의 반응이 떠올랐다. 아무래도 또 나를 이상하게 볼 게 틀림없다.

"안 돼."

"왜 안 돼?"

"그냥 안 돼."

"토요일에 갈 테니깐 가족한테 미리 이야기만 해 줘. 정말 구박이가 보고 싶어서 그래."

조하나의 일방적인 통보에 어이가 없었다.

"넌 우리 집이 어딘지도 모르잖아?"

"알아. 너 미도아파트에 살잖아. 토요일 한 시까지 갈게. 몇 동 몇 호인지 말해 줘."

조하나가 내 의견은 듣지도 않고 말했다. 나는 구박이를 처음 맡았을 때처럼 더는 싫다고 말하지 못했다.

계속 미루기만 하다가 토요일 오전이 되고서야 엄마, 아빠, 새미한테 조하나의 방문 소식을 전했다.

"오빠 여자친구 오는 거야? 헐, 대박!"

새미 말에 나도 모르게 얼굴이 뜨겁게 달아올랐다.

"아니야. 구박이 원래 데리고 있던 앤데, 우리 구박이 보러 온대."

"구박이 엄마가 찾아오는 거네. 헐, 더 대박!"

새미가 놀리듯 말했다.

나는 혹시 엄마 아빠가 조하나에게 가족에 대해 꼬치꼬치 물을까 봐 걱정되었다. 아무래도 조하나에 대한 이야기를 미리 해 두는 게 좋을 것 같아, 부모님이 없다는 이야기와 우리 아파트 아래 정원 넓은 집에서 할머니랑 둘이 산다는 이야기를 했다.

"아, 그 정원 넓은 집…… 할머니랑 둘이 살면 외롭겠다."

“그러게. 어린 나이에 딱하네.”

엄마 아빠는 내 걱정과는 달리 따뜻하게 말했다.

“그 집 재벌 집이라고 소문났던데……. 그 언니랑 잘돼서 나중에 결혼하면 오빠도 재벌 되는 거야? 완전 대박 사건!”

새미 말에 엄마 아빠는 내 눈치를 보며 헛기침을 했다.

“새미야, 그런 이야기 하는 거 아니야. 오빠 친구로 놀러 오는 건데, 말조심해야지. 참, 내가 이럴 때가 아니지. 과일이라도 준비해야지…….”

엄마는 자리에서 벌떡 일어났다.

“그러게. 너희들 뭐 하는 거니? 손님 오는데 청소부터 해야지!”

아빠도 갑자기 평소에 안 하던 청소를 시작했다.

조하나가 방문하기로 한 시간이 다가오자 점점 초조한 마음이 들었다. 정말 조하나가 우리 집에 오는 건지, 집은 잘 찾아올지 걱정이 되기도 했다. 미리 전화라도 해 보고 싶었지만 조하나가 휴대폰이 없어서 답답했다. 아이들 말로는 컴퓨터도 전혀 하지 않고 메일 주소도 없다고 한다. 나 같으면 하루도 못 살 것 같은데, 조하나가 신기할 뿐이었다. 이런저런 생각으로 초조함을 달래고 있는데, 따르르르 초인종 소리가 났다.

“우와, 진짜 왔어!”

인터폰을 확인한 새미가 재빨리 문을 열어 주며 호들갑을 떨었다. 조금 있다가 조하나가 안으로 들어왔다. 청치마에 하얀색 남방, 그리고 하늘색 카디건을 입은 조하나는 노란 소국을 한 다발 들고 있었다.

"어서 와라."

엄마와 아빠, 새미가 평소 모습과는 달리 천사 같은 표정으로 반갑게 맞아 주었다.

"저희 집 정원에 국화가 너무 예쁘게 피어서요. 선물로 드리려고 가져왔어요."

조하나가 환하게 웃으며 노란 소국을 엄마에게 건넸다.

"세상에, 예뻐라. 정말 고맙구나."

엄마는 감격했는지 함박웃음을 지었다.

거실 소파에 앉은 조하나는 주위를 두리번거리며 무언가를 찾았다. 눈치 빠른 새미가 재빨리 내 방으로 달려가서는 구박이를 안고 나왔다.

"언니가 원래 보호자라면서요? 얘 완전 귀여워요. 구박이 맡겨 줘서 정말 고마워요."

나한테는 무뚝뚝하게 굴던 새미가 살살거리며 말했다. 그런데 그 모습이 싫지는 않았다. 새미와 조하나는 뭐가 재밌는지 깔깔 웃으며 한참 동안 수다를 떨었다.

"우리가 너무 오래 붙잡고 있었나 보다. 고양이 보러 온 건데."

엄마가 조하나 눈치를 보며 말했다.

"괜찮아요. 저는 새미랑 아주머니 아저씨랑 같이 이야기 나누는 것도 좋은걸요."

조하나의 말에 엄마 아빠 새미 표정이 더 밝아졌다.

"저는 언니 있는 애들이 정말 부러웠는데, 언니랑 이야기해서 넘 좋아요."

우리 가족은 조하나와 아주 오래전부터 알던 사이처럼 자연스럽게 웃고 떠들었다. 우리 가족도 신기하지만 조하나도 신기했다. 나 같으면 처음 방문한 친구네 집에서 가족과 이야기 나누는 게 결코 편하지 않을 것 같았다. 그런데 조하나는 학교에서 볼 때보다 더 자주 웃고, 말도 더 많이 했다. 결국 조하나는 우리 집에서 저녁까지 함께 먹었다.

저녁 식사를 마치고 엄마는 과일을 내 방으로 가져다주었다. 이제야 나와 조하나와 구박이, 우리 셋이 조용히 시간을 보낼 수 있게 되었다. 구박이가 보고 싶어서 조하나가 우리 집에 찾아온 건데, 정작 구박이와 놀 시간이 적어서 미안한 마음이 들었다.

"구박이 정말 많이 컸다. 예전 모습하고는 전혀 달라. 엄청 튼튼해졌네."

조하나는 전처럼 다정하게 구박이 등을 쓰다듬어 주었다. 구박이도 기분이 좋은지 눈을 감고 갸르릉 소리를 냈다.

"참, 구박이 선물 가져왔는데……."

조하나는 그제야 생각난 듯 가방에서 뭔가를 꺼냈다. 털실로 짠 빨간색 공이었는데, 만질 때마다 빠스락빠스락 비닐 소리가 났다.

"내가 직접 짠 거야. 안에는 사탕 비닐을 넣었어."

"와, 이런 것도 만들 줄 알아?"

"그럼, 나는 최고의 집사인걸."

구박이도 선물이 마음에 드는지 빨간 공을 툭툭 건드리며 장난을 치고 놀았다. 구박이가 노는 모습을 조하나가 사랑스러운 눈빛으로 바라보고 있었다. 이대로 시간이 멈추어 버렸으면 하고 바랐다.

시간이 꽤 늦어서 조하나를 집까지 바래다주게 되었다. 엄마 아빠 입에서 먼저 바래다주라는 말이 나와서 다행이었다. 밤거리가 조용해서 마음에 들었다.

"우리 가족 좀 시끄럽지?"

"아니, 오늘 정말 즐거웠어. 새미도 귀엽고, 어머니 아버지도 정말 좋은 분들이신 것 같아."

"좋게 봐 줘서 고마워."

"구박이가 좋은 가족을 만나서 기뻐. 구박이는 정말 행복하 겠다."

조하나가 쓸쓸하게 웃었다. 조하나가 할머니랑 단둘이 사는 게 떠올라 괜히 미안한 마음이 들었다.

"구박이 사진 보내 줄까? 참, 너 휴대폰이 없지……."

"괜찮아. 가끔 이렇게 놀러 와서 보면 되지."

"그런데 너는 왜 휴대폰이 없어? 메일 주소도 없는 것 같은 데……. 그럼 답답하지 않아?"

조하나가 갑자기 걸음을 멈추었다. 내가 무슨 실수를 한 것 같 아 걱정이 되었다. 조하나는 잠깐 동안 말이 없다가 조용히 하늘 을 올려다보았다. 그러고는 말을 이었다.

"이건 비밀인데……. 나, 사실은 스무 살까지밖에 못 산대."

"설마……. 거짓말이지?"

조하나의 말이 도무지 믿어지지 않았다.

"믿기 싫으면 관두든지……."

조하나의 말에 너무 충격을 받아서 다리에 힘이 풀렸다.

"병원에는 가 봤어? 무슨 병인데 그래?"

나는 화가 나서 물었다.

"자세히 말할 수는 없지만, 불치병이래. 그래서 휴대폰도 컴퓨 터도 안 쓰는 거야. 이렇게 사는 게 내 인생을 낭비하지 않고 길게 사는 방법이라고 생각하거든."

그제야 체육 시간에 가끔 어지럽다며 스탠드에 앉아 있던 조하나의 모습이 떠올랐다. 그리고 조하나네 집이 그렇게 부자인데도 왜 학원을 안 다니고, 공부도 못하는지 알 것 같았다. 하기야 스무 살까지밖에 못 산다면 그깟 공부가 무슨 소용이 있을까?

"그렇다고 너무 슬퍼하지는 마. 난 아주 씩씩하게 잘 살고 있거든. 나는 죽고 나서 다시 우주로 돌아갈 거야. 나는 우주 소녀니까."

조하나가 쓸쓸하게 웃었다. 스무 살이란 나이가 까마득하게 멀게만 느껴졌는데, 조하나의 이야기를 듣고 나니 바로 가까운 미래처럼 생각되었다. 조하나에게 무슨 말이든 위로의 말을 하고 싶었지만, 바보처럼 아무 말도 하지 못했다. 바람이 더 차갑게 느껴졌다.

조하나를 집까지 바래다주고 돌아오면서 하늘을 올려다보았다. 오늘따라 별이 밝았다. 사람은 정말 우주에서 왔다가 우주로 돌아가는 걸까? 밤하늘의 별들이 어쩌면 오래전에 죽은 누군가의 영혼일지도 모른다고 생각하니 경이로운 마음이 들었다. 우주 소녀도 그곳으로 다시 돌아가게 될 거라는 생각에 눈물이 났다. 눈물은 멈추지 않고 계속 쏟아졌다. 주위가 어두워서 다행이었다. 그리고 무엇보다 조하나가 옆에 없어서 다행이었다.

긴 겨울방학이 시작되었다. 그리고 오랫동안 조하나를 만날 수 없었다.

"네 친구 말이야. 애가 참 예쁘고 싹싹하던데, 잘 지내고 있지? 언제 우리 집에 놀러 오라고 해."

"그러게, 할머니랑 둘이 산다며. 네가 연락도 자주 해 봐라."

"하나 언니 보고 싶다. 다음에 오면 타로 점도 봐 준다고 약속 했는데……."

나는 아무런 대답도 하지 못했다.

"하기야 그렇게 부잣집 언니가 방학 때 집에 있겠어? 해외 어학연수 갔거나 유럽 여행 중이겠지. 하나 언니는 부자여서 좋겠다. 그런데 그 언니, 오빠 좋아하는 것 같던데……. 오빠 바라보는 눈빛이 좀 수상했어. 내 직감으로 봤을 때, 뭔가 있는 게 틀림없어."

새미 말에 왠지 가슴이 설레었다. 조하나가 내 여자친구가 되는 상상을 해 보았다. 이야기도 잘 통하고, 우리 가족도 좋아하고……. 하지만 우리에게 함께 보낼 수 있는 시간이 많지 않다는 생각에 다시 우울해졌다.

조하나를 다시 만나게 되면 구박이를 데리고 함께 공원에도 놀러 가고, 영화도 보러 가고 싶었다. 그리고 지난번처럼 우리 집에

초대해서 늦은 시간까지 이야기를 나누고, 맛있는 저녁도 함께 먹고 싶었다. 학원에 갔다 올 때마다 정원 넓은 집 앞에서 걸음을 멈추었다. 그러나 조하나네 집 높은 철문을 마주 보면 초인종을 누를 용기가 사라져 버렸다. 긴 담벼락을 따라 집 주위만 뱅글뱅글 맴돌다가 집으로 돌아왔다. 이상하게도 자주 들려오던 고양이 울음소리도 더는 들리지 않았다. 세상이 텅 빈 느낌이었다.

개학 날 아침 일찍 학교에 갔다. 교실 문을 열자 먼저 온 아이들로 교실이 소란스러웠다. 오랫동안 잠들어 있던 교실이 다시 깨어나고 있었다. 창가로 들어오는 햇빛에 눈이 부셨다. 길고 지루했던 겨울이 지나고 있는 것 같아 반가웠다.

나는 자리에 앉아 뒷문을 계속 바라보았다. 금방이라도 조하나가 통통 튀는 걸음걸이로 교실 안으로 들어와서는 나를 보며 밝게 웃어 줄 것 같았다. 그럼 나는 어떤 표정을 지어야 할까? 그동안 만나지 못해 서운했던 감정이 표정으로 나오면 어떻게 하나, 애써 웃는 모습이 어색하지는 않을까 걱정이 되기도 했다. 그러나 담임이 들어올 때까지도 조하나는 나타나지 않았다.

"방학은 잘 보냈나? 모두 다 왔지?"

담임이 밝은 표정으로 물었다.

"아니요. 조하나가 아직 안 왔는데요."

나는 뒷문을 바라보며 서둘러 대답했다.

"아 참, 그러지 않아도 너희에게 해 줄 말이 있다. 방학 동안 조하나가 전학 갔다."

담임이 믿기지 않는 이야기를 했다.

"네? 조하나가 전학 갔다고요?"

너무 충격을 받아서 한동안 머릿속이 멍했다.

"너희들한테 마지막 인사도 못 하고 가서 미안하다고 전해 달라고 하더라. 오랫동안 할머니랑 둘이 살았는데, 어머니가 오셔서 데려갔단다."

담임 말이 떨어지자마자 아이들이 술렁거렸다.

"뭐야? 조하나네 엄마 아빠 교통사고로 돌아가신 거 아니었어?"

"나는 두 분 다 병으로 돌아가신 걸로 알고 있는데……."

"헐, 왜 다들 말이 달라?"

"조하나, 그동안 우리한테 거짓말한 거네. 영혼을 보니 어쩌니 할 때부터 이상했어."

"근데 걔가 고양이 맡겨 놓고 갔는데 어쩌지?"

"뭐야? 나한테도 영혼이 맑다고 하면서 방학 바로 전에 길고양이 맡겼어."

"너한테도? 나한테도 그랬는데……."

아이들이 제각각 떠들어 댔다. 도대체 다들 무슨 말을 하는 건지 귀가 먹먹해지면서 어지러웠다. 더는 아무 소리도 들리지 않았다.

수업이 끝나자마자 조하나네 집으로 달려갔다. 용기를 내어서 초인종을 눌렀다. 진작 용기를 냈어야 했는데, 왜 이제야 초인종을 누르고 있는지 후회가 밀려왔다. 여러 번 초인종을 누르자, 나이 지긋한 할머니의 목소리가 들려왔다.

"누구세요?"

"저, 조하나 친구인데요. 조하나를 꼭 만나야 해서요."

"잠깐만 기다려 봐."

한참 뒤에서야 흰머리를 곱게 올린 할머니가 안에서 나왔다.

"무슨 일인데 그래?"

나는 서둘러 인사를 하고는 궁금한 걸 물었다.

"조하나가 전학 간 게 사실이에요? 집에는 다시 안 오나요? 엄마랑 같이 갔다는 말이 사실이에요?"

궁금했던 말이 멈추지 않고 계속 쏟아져 나왔다.

"학생, 좀 진정하고 이야기해. 우리 집에서 일하는 할머니 손녀 이야기인 것 같은데……. 제 엄마가 와서 데려갔어. 일하는 할머니가 잠깐만 데리고 있겠다고 해서 허락해 줬는데, 동네 고양이들을 자꾸 몰래 집에 들이니 내가 더러워서 참을 수가 있어야 말이지. 기분 나쁜 고양이 울음소리는 어떻고……. 뭐라고 하면 금방 내보내겠다고 해 놓고 또 들이고……. 애가 어찌나 거짓말을 잘하고 잔망을 떠는지……."

더는 그 이야기를 들을 수가 없었다. 나도 모르게 주먹을 불끈 쥐고 할머니를 노려보았다. 주먹을 쥔 손이 부들부들 떨렸다.

"아니, 이 학생이 갑자기 왜 이래? 어디서 버릇없이……."

할머니가 철문을 쾅 닫고 들어가 버렸다. 나는 한참 동안 철문 앞에 멍하니 서 있었다. 눈앞이 뿌예지면서 자꾸 눈물이 났다. 세상 모든 사람들이 조하나를 욕해도 나는 조하나를 믿는다. 조하나가 거짓말을 했다면 그럴 만한 이유가 있었을 거다. 아니, 차라리 모두 거짓말이었으면 했다. 그럼 스무 살까지밖에 못 산다는 말도 거짓말이 될 테니깐……. 그 말만은 꼭 거짓말이길 바랐다.

'나는 우주에서 왔어.'

조하나가 나를 보며 밝게 웃는 모습이 떠올랐다. 마지막으로 나에게 했던 말도…….

겨울방학이 시작되기 하루 전, 조하나가 늦은 저녁 우리 집에 갑자기 찾아왔다. 안으로 들어오라고 했지만 조하나는 급한 일이 있다며 잠깐만 밖에서 보자고 이야기했다. 무슨 큰일이라도 생겼나 걱정이 되었다. 다행히 조하나의 표정이 어둡지는 않았다.

"너는 내 말 믿지?"

"뭐, 네가 우주 소녀라는 거?"

조하나가 작게 웃었다.

"사실은 너에게 꼭 하고 싶은 말이 있어서……. 우리는 운명의 끈으로 이어져 있어. 오래된 빌라 사이 공터에서 우리가 마주쳤던 날, 햇볕을 막아 주려고 서 있던 네 모습을 잊을 수가 없어. 그때 네가 내 운명이라는 걸 느꼈어. 너에게서 밝은 빛이 났거든."

조하나가 조심스럽게 다가와 내 입술에 입을 맞추었다. 조하나가 떨고 있는 게 느껴졌다. 내 심장도 오랫동안 쿵쾅거렸다.

가을 햇살이 유난히 눈부시던 그날, 고양이와 함께 있던 조하나는 햇볕이 너무 뜨거운지 한 손으로 이마를 가리고 있었다. 내가 몸을 조금 굽히니, 그 아이의 이마로 떨어지는 햇볕을 막을 수 있었다. 나는 엉덩이를 쭉 빼고 엉거주춤 서 있었다. 조하나가 나를 힐끔 올려다보며 웃었다.

나는 아무한테도 그 이야기를 하지 않았다. 그리고 앞으로도 말하지 않을 거다. 사실 나도 그 아이에게서 밝은 빛을 보았다. 그 아이의 까만 눈동자 속에 수많은 별들이 가득 차서 눈부시게 빛나고 있었다.

수

빠앙―.

거친 굉음과 함께 지하철이 플랫폼으로 들어온다. 문이 열리고 사람들이 내린다.

마지막 사람까지 내리길 기다렸다가 천천히 지하철에 몸을 실었다. 평일 낮이라 그런지 빈자리가 눈에 띄었다. 검은색 정장을 입은 젊은 여자와 등산복을 차려입은 아줌마 사이에 앉았다. 젊은 여자는 면접을 보러 가는지, 잔뜩 긴장한 모습으로 종이에 적힌 무언가를 열심히 외우고 있었다.

찰칵 찰칵 찰칵.

넓은 창 뒤로 어둠이 빠르게 지나간다. 건너편 창에 내 모습이 반사되어 비친다. 마네킹처럼 영혼 없는 눈빛이 나를 보고 있다.

"엄마는 우리 채연이 교복 입은 모습이 가장 예쁘더라. S고 다니는 게 얼마나 자랑스러운지 몰라. 지금까지 해 왔던 것처럼 앞으로 3년 동안 죽어라 공부해서 보란 듯이 의대에 들어가는 거야. 불쌍한 우리 지연이 병도 고쳐 주고……."

아침에 집에서 나올 때 엄마가 했던 말이 떠올랐다. 엄마는 지연이가 토한 음식을 닦아 내며 눈물을 글썽이고 있었다. 지연이가 커 갈수록 엄마는 점점 지쳐 갔다. 지연이를 안아서 옮기느라 엄마의 팔과 다리에는 늘 파랗게 멍이 들어 있었다.

'엄마, 나 이제 안 되겠어. 정말 미안해.'

목까지 올라온 말이 입 안에서만 맴돌다가 사라졌다.

"언니…… 학교 갔다 와."

지연이가 힘들게 고개를 돌려 나를 보며 웃었다. 태어날 때부터 뇌에 이상이 있었던 지연이는 어느덧 열두 살이 되었지만, 지능은 여섯 살 정도이고 몸도 잘 가누지 못한다. 지연이는 내가 학교에 다니는 걸 무척 부러워한다.

"응. 잘 다녀올게."

지연이에게 손을 흔들고는 서둘러 집을 나왔다. 정류장에서 학교 가는 버스를 타지 않고, 무작정 큰길을 따라 걸었다. 회색 도시가 뿌연 안개 속에 잠겨 있었다. 나는 걷고 또 걸었다. 학교도 집도 엄마도 아빠도 몸이 불편한 지연이도 없는 곳……. 안개 속으로 영원히 사라져 버리고 싶었다.

　건너편 대각선 방향에서 나를 보고 있는 듯한 시선이 느껴졌다. 눈길을 그쪽으로 돌리자, 내 또래 남자아이가 보였다. 왼쪽 얼굴에 화상 자국이 있는 아이였다. 나와 눈이 마주치자 놀란 듯 얼른 눈길을 피했다. 설마……. 머릿속에 수의 이름이 스쳐 지나갔다. 왼쪽 볼과 눈에 있는 화상 자국이 그 애와 비슷하다. 하지만 아니다. 흉터를 감추려는 듯 긴 머리로 얼굴 반을 가리고, 늘 고개를 푹 숙이고 있던 수. 가끔 머리카락 사이로 보이는 그 애의 눈빛은 초등학교 6학년 남자아이라고 하기에는 믿기지 않을 만큼 섬뜩했다. 아무도 그 애와 눈을 맞추지 못했다. 하지만 지금 내 앞에 앉아 있는 남자아이의 눈빛은 편안해 보였다. 남자아이가 다시 나를 바라보며 수줍게 웃는다. 어떤 반응을 보여야 할지 망설이다가 카톡을 확인하는 척하며 전화기를 만지작거렸다. 하지만 전화기는 이미 전원이 꺼져 있다. 다시 전원을 켤까 하다가 그만두었다.

　"이번에 내리시는 역은 이 열차의 종착역인 당고개, 당고개역입니다. 이번 역에서 모두 내려 주시기 바랍니다."

　지하철 안내방송이 나왔다. 곧이어 빨리 내리기를 재촉하듯 지하철 안 불빛이 깜빡거렸다. 문이 열리자 천천히 밖으로 나왔다. 사람들 무리에 휩쓸려 개찰구까지 나오고 나니, 이제 어디로 가야 하나 고민이 되었다. 갑자기 현기증이 났다.

"채연아."

뒤에서 내 이름을 부르는 소리. 나는 마법에 걸린 듯 우뚝 그 자리에 멈추어 섰다.

"채연이 맞지?"

한 무리의 사람들이 지나쳐 가기를 기다렸다가 조심스럽게 뒤를 돌아보았다. 좀 전에 지하철 안에서 나를 보며 수줍게 웃던 남자아이였다. 목소리도 눈빛도 모두 변했지만 내가 아는 그 애가 분명했다.

"나야, 수. 기억하지?"

남자아이가 쑥스러운 듯 낮은 목소리로 말했다. 기억 속에 가려져 있던 예전 일들이 서서히 떠올랐다.

5학년 겨울방학을 앞두고 있을 때, 엄마는 갑자기 서울로 이사하자고 했다.

"오늘 집 알아보고 왔어. 지연이 병원도 가깝고……."

엄마의 말이 끝나기도 전에 아빠가 버럭 화를 냈다.

"수원에 있는 병원 다 놔두고 몸이 불편한 애를 서울까지 끌고 다니더니, 이제는 아예 서울로 이사하겠다고? 그런다고 뭐가 달라지는데? 지연이 장애가 없어지기라도 한대?"

"지연이 때문에 그런 것만은 아니잖아. 우리 채연이 교육 문제도 있고……."

"지금 다니는 학교에서 공부 잘하고 있는데, 채연이가 왜 문제야?"

"당신이 몰라서 그렇지, 여기서 1등 해 봤자, 좋은 대학 가기 힘들어. 채연이가 잘되어야지……. 나중에 우리 죽고 나면 불쌍한 지연이는 누가 돌봐 줘. 그때는 정말 채연이밖에 없잖아."

아빠는 엄마의 고집을 꺾을 수 없었다. 겨울이 다 지나기 전에 우리 가족은 수원에 있는 아파트를 팔고, 사당동에 있는 허름한 전세 아파트로 이사했다. 서울 집값이 비싸서 작은 전셋집을 얻는 데도 대출을 많이 받아야 했다. 아빠는 서울에서 수원으로 통근하면서부터 퇴근 시간이 점점 늦어졌다. 좁은 집과 다달이 조여 오는 대출금, 아빠의 늦은 귀가. 이사를 온 뒤 엄마 아빠는 자주 싸움을 했고 지연이는 그때마다 벽에 머리를 들이받으며 울었다. 서울 생활은 우리 가족을 더 불행하게 만들었다. 그해 겨울이 잔인할 만큼 느리게 지나갔다.

6학년 봄, 새 학교로 등교를 했다. 전학 간 학교는 건물이 매우 낡아 있었다. 초라한 모습을 감추려는 듯 외벽은 분홍색과 하늘색으로 요란하게 페인트칠이 되어 있었는데, 그게 더 흉하게 느껴졌다. 건물로 들어서자, 오래된 건물에서 나는 곰팡내가 확 풍겼다.

배정받은 6학년 4반 교실로 들어서는데 왠지 모르게 싸늘한 분위기가 느껴졌다. 어디에 앉을까 교실을 둘러보다가 뒷문 앞에 앉아 있는 남자아이에게 눈길이 멈추었다. 남자아이는 연필 깎는 칼로 책상을 긁고 있었다. 책상 밑으로 그 애의 긴 다리가 불안하게 떨리고 있었다. 칼로 책상을 긁던 아이가 내 쪽으로 고개를 돌렸다. 그 아이의 눈을 보는 순간, 숨이 멎는 것 같았다. 머리카락에 반쯤 가려진 왼쪽 눈은 화상 때문에 흉하게 일그러져 있었고, 다른 한쪽 눈은 금방이라도 달려들 것처럼 공격적이었다. 상처받은 짐승의 슬픔 같은 것이 느껴졌다. 나는 자리를 찾아 앉을 생각도 하지 못하고 한참 동안 멍하니 그 아이를 바라보았다. 수와의 첫 만남이었다.

"오랜만이네?"
수가 말했다.
"응."
"아직도 예전 동네에 살아?"
"응."
내 대답이 짧아서인지, 아니면 더 물을 게 없어서인지 수는 말을 잇지 못했다. 어색한 침묵이 흘렀다.
"혹시 바쁜데 내가 붙들고 있는 건 아닌가……."

수가 조심스럽게 내 눈치를 살피며 물었다.

"괜찮아."

"다행이다. 난 목공소에 가는 길인데……. 좀 늦게 가도 돼. 이
대로 헤어지기 아쉬운데……. 혹시 점심 안 먹었으면 뭐 먹으러
갈래?"

수의 다정한 목소리를 듣는 순간 갑자기 허기가 몰려왔다. 그
러고 보니 아침부터 제대로 먹은 게 없었다.

"일단 밖으로 나가자. 여긴 너무 어지러워."

나는 가장 가까운 출구를 찾았다. 밖으로 나오자, 길 건너 김
밥집이 눈에 띄었다. 수에게 묻지도 않고, 김밥집으로 들어갔다.
수가 조용히 내 뒤를 따라왔다.

"어서 오세요."

테이블에 앉자, 앞치마를 두른 아줌마가 친절하게 웃으며 다가
오다가 순간 표정을 굳혔다.

"어릴 때 화상을 입어서 그래요."

수는 이런 일이 익숙한 듯 태연하게 말했다.

"그, 그랬구나. 부모님이 많이 속상했겠네."

"괜찮아요. 부모님 안 계세요."

수가 무덤덤하게 대답하고는 나한테 말을 걸었다.

"나는 김밥. 너는 뭐 먹을래?"

"나는 라면."

아줌마는 주문을 받자마자 도망치듯 주방으로 향했다.

"걔 있잖아……."

6학년 1학기가 한 달쯤 지난 무렵, 나에게도 친구가 생겼다. 주영이란 아이였는데, 나와 같은 아파트 같은 동에 살고 있었다. 우리는 학교와 집을 자주 함께 오갔다. 한번은 집에 가는 길에 주영이가 수에 대한 이야기를 꺼냈다.

"너, 걔 별명이 뭔 줄 알아?"

"누구?"

"수 말이야."

주영이는 주위를 살피더니 잠깐 귀를 대 보라고 했다.

"프랑켄슈타인이야."

"프랑켄슈타인?"

"그래. 생긴 것도 그렇고, 하는 짓도 그렇고 완전 괴물 같잖아. 하지만 앞에서는 절대로 별명을 부르면 안 돼. 5학년 때 어떤 남자아이가 프랑켄슈타인이라고 놀렸다가 죽을 뻔한 적이 있었거든. 프랑켄슈타인이 그 남자아이한테 의자를 들어 던졌는데, 머리가 깨져서 병원에 실려 갔었어. 애들이 그러는데, 조폭들이 프랑켄슈타인 뒤를 봐주고 있대."

“설마, 아직 초등학생인데?”

“정말이라니까. 어깨에 문신을 새긴 조폭 아저씨가 학교 앞에서 프랑켄슈타인을 기다렸다가 데려가는 걸 애들이 봤다는데……. 그래서 일진들도 개한테는 꼼짝 못하는 거야.”

주영이가 하는 말은 무시무시했다. 소문 때문인지 아이들은 수가 나타나면 슬금슬금 자리를 피했다. 수도 그걸 아는 것 같았다. 아이들이 재밌게 놀고 있으면 일부러 다가가서 놀래곤 했다. 수는 늘 교실 뒷문 쪽에 앉았는데, 아이들은 되도록 뒷문 대신 앞문을 이용했다. 쉬는 시간에도 교실 앞쪽에서 놀거나 복도에 나가서 놀았다. 언제부터인가 교실 뒤쪽은 수의 왕국이 되어 버렸다.

선생님은 날씨가 따뜻해지자 창가 쪽에 식물을 키우자고 했다. 우리는 여러 개의 화분에 고추와 토마토, 상추 모종 등을 나누어 심고 햇빛이 잘 드는 창가에 두었다.

“어머, 교실이 꼭 식물원이 된 것 같다. 앞으로 당번 정해서 잘 키워 보자. 관찰 일기도 열심히 쓰고.”

선생님은 우리보다 더 들떠 있었다.

“선생님, 제가 달팽이 가져올까요? 집에서 달팽이 키우거든요.”

준석이가 손을 번쩍 들고 말했다. 발표를 잘해서 선생님께 귀염을 받는 아이였다.

"그거 좋은 생각이다. 식물원에 딱 어울리겠어."

다음 날 준석이는 달팽이를 교실에 가져왔다. 투명한 플라스틱 통에 엄지손가락만 한 달팽이 두 마리가 들어 있었다. 달팽이는 햇빛을 싫어한대서 수의 뒷자리에 있는 탁자에 놓았다.

"달팽이 담당을 정해서 돌보는 게 어떨까?"

선생님의 의견에, 아이들은 서로 눈치만 살폈다. 달팽이를 가져 온 준석이도 귀찮은 일은 맡고 싶어 하지 않았다. 더욱이 아이들은 수의 왕국에 드나드는 걸 두려워했다.

"누구 하고 싶은 사람 없어?"

"선생님, 제가 해 볼게요."

나는 조심스럽게 손을 들었다.

"그래. 그럼 채연이가 좀 맡아 줄래?"

선생님은 골치 아픈 일이 해결된 듯 홀가분한 표정을 지었다.

전학 온 지 꽤 지났지만 나는 주영이 말고는 가까이 지내는 친구가 없었다. 하지만 친구가 많은 주영이는 학교와 집을 오갈 때 빼고는 나랑 잘 있지 않았다. 집과 학교 그 어느 곳에도 마음을 붙이지 못했던 나에게 달팽이는 좋은 친구가 되어 주었다. 나는 쉬는 시간마다 교실 뒤쪽으로 가서 달팽이 먹이를 챙겨 주고, 몸이 마르지 않게 분무기로 물을 뿌려 주었다. 그리고 벌레가 생기지 않게 자주 흙을 갈아 주었다. 달팽이는 신기하게도 당근을 먹은 날은 붉은색 똥을, 상추를 먹은 날은 초록색 똥을 쌌다.

"오늘은 조금밖에 안 먹었네. 온종일 그 안에 있으면 답답하겠다."

나는 달팽이와 이야기를 나누는 게 습관이 되었다. 급식을 다 먹은 아이들이 운동장에 나간 뒤에는 달팽이들한테 편하게 이야기를 할 수 있었다. 달팽이는 기다란 더듬이를 움직이며 주위를 살피다가도 소리가 나면 깜짝 놀라서 단단한 껍데기 안으로 숨어 버렸다. 그런데 시간이 좀 지나자 내가 다가가도 달팽이들이 숨지 않았다. 자기들을 돌봐 주고 있다는 걸 아는 것 같았다.

수는 다른 아이들이 달팽이를 보러 다가가면 매섭게 노려보곤 했는데, 내가 달팽이를 돌볼 때는 얌전하게 자리에 앉아 있었다. 그리고 어느 순간부터는 내가 달팽이한테 하는 이야기를 듣고 있는 듯한 느낌이 들었다. 내가 콧노래를 흥얼거리자 수의 입가에 미소가 번지는 걸 보았다. 어쩌면 수도 나처럼 이야기를 나눌 사람이 없어서 외로웠을지 모른다. 가끔은 내 이야기를 조용히 들어 주는 수가 고맙게 느껴졌다.

주문한 음식이 나왔다. 아까는 뭔가 먹고 싶다는 생각이 들었는데, 막상 음식이 들어가니 속이 울렁거려서 삼키는 게 힘들었다. 몇 젓가락 떠먹다가 젓가락을 테이블에 내려놓았다.

"왜 그것밖에 안 먹어?"

수는 김밥을 먹지 않고, 걱정스러운 얼굴로 나를 지켜보고 있었다. 나는 숟가락을 들고 라면 국물을 떠먹었다.

"너, S고등학교 다니는구나. 그 학교 들어가기 엄청나게 힘들다던데……."

수가 내 교복에 찍힌 학교 이름을 보며 말했다. 갑자기 목이 메었다. 남색 교복에 빨간색 넥타이. S고 마크가 찍힌 반짝거리는 금 단추. 각 중학교에서 3퍼센트 안에 들었던 아이들이 모여 있는 학교, S고에만 들어가면 내 꿈이 이루어질 거라고 생각했다.

하지만 그 모든 게 내 환상이었다. 명문고라고 해서 학교 수업이 특별한 건 아니었다. 아이들 대부분이 고 2, 3학년 것까지 진도를 끝낸 상황이라 수업은 형식적으로 이루어졌다. 아이들 대부분은 강남에 살고 있고, 부모들의 직업도 꽤 화려했다. 학교가 끝나면 교문 앞에 고급 자동차들이 줄을 이었다가 함께 스터디를 하는 아이들을 태우고 이동했다. 하루하루 경쟁은 훨씬 더 치열해졌고, 내 등수는 늘 밑바닥을 맴돌았다. 잠자는 시간을 더 줄이고, 화장실 가는 시간과 밥 먹는 시간까지 아껴 가며 공부에 매달렸지만 소용없었다. 시간이 지날수록 점점 초조해지면서 머릿속은 더 멍해졌다. 언제부터인가 문제집을 보면 글자들이 뿌옇게 흐려지다가 눈앞에서 뱅글뱅글 도는 것 같았다. 요즘에는 잠도 잘 오지 않았다. 겨우 잠이 들면 발밑에 있는 땅이 무너지면서 아래로 끝없이 추락하는 꿈을 꾸었다.

"너희 엄마는 너 의대 가기를 바라던데⋯⋯. 성적이 이 모양인 건 알고 그러시는 건지 모르겠다."

상담하던 선생님은 내 성적표를 보며 늘 한숨만 내쉬었다.

"그러지 말고, 너도 친구들이랑 스터디하는 건 어때? 민정이 어머님이 함께했으면 하던데⋯⋯. 네가 대답을 안 한다고 답답해하시더라. 혹시 과외비 때문에 그러니? 의대 가면 그보다 훨씬 더 많이 들어갈 텐데⋯⋯. 혼자 고민하지 말고 부모님이랑 상의해 봐."

담임은 한 달에 몇백만 원씩 드는 스터디에 들어가는 걸 쉽게 이야기했다. 이 학교에 들어오기 전에도 학원비 때문에 여러 번 대출을 받아야 했다. 대출을 받을 때마다 엄마는 한숨이 길어졌고, 아빠는 화내는 일이 많아졌다. 담임하고 상담한 이야기를 하면 엄마는 어떻게든 돈을 구하려고 할 거고, 엄마 아빠의 싸움이 또 시작될 게 뻔하다. S고 교복은 처음부터 나 같은 아이한테는 어울리지 않는 옷이었다.

"이 교복 마음에 안 들어. 너무 답답해."

나는 혼잣말처럼 중얼거렸다. 조용히 나를 지켜보던 수가 자리에서 일어났다.

"물 가져다줄까?"

수는 물컵을 나에게 건넸다. 물을 마시자 답답했던 게 좀 풀리는 것 같았다. 그러고 보니 수는 회색 후드 티에 남색 트레이닝 바지를 입고 있었다. 그 모습이 참 편해 보였다.

"아까 목공소에 가는 길이라고 했니?"

나는 궁금한 게 떠올랐다.

"응. 삼촌이 하는 목공소인데, 시간 날 때마다 가서 일을 배우고 있거든."

"목공 일을 배운다고?"

"응. 나무로 뭔가 만드는 게 좋아서. 아직 간단한 거밖에 못 만들지만……."

수는 쑥스러운 듯 머리를 긁적거렸다.

"너는 좋아하는 일 있어?"

수가 나에게 물었다.

'좋아하는 일…….'

그런 건 한 번도 생각해 보지 못했다. 지연이가 좋아하는 건 열 가지도 넘게 말할 수 있는데 말이다. 지연이는 그림 그리는 걸 좋아한다. 욕조에 들어가 물장난하는 것도 좋아하고, 잠자기 전에 내가 자장가 불러 주는 것도 좋아한다. 그리고 학교 놀이 하는 걸 좋아하는데, 학교 놀이를 할 때면 내가 선생님이 되고 지연이는 학생이 된다. 지연이는 말을 잘 듣는 학생이다. 내가 질문을 할 때마다 지연이는 방글방글 웃으며 "네." 하고 대답한다. 지연이는 예전에 특수교육을 하는 유치원에 다닌 적이 있었다. 엄마는 한 시간이 넘게 걸리는 유치원까지 매일 운전을 해서 다녔다. 하지만 지연이는 수업받는 게 점점 힘들어져서 유치원을 그만두어야 했다. 지연이는 그때를 떠올리며 학교에 가고 싶다고 한다. S고등학교에 입학하던 날, 지연이한테 내 교복을 입히고, 휠체어에 태워 동네를 한 바퀴 돌았다. 지연이가 소리를 지르며 좋아하던 모습이 떠올랐다. 하지만 내가 좋아하는 건 쉽게 떠오르지 않았다.

"참, 넌 의사가 되고 싶다고 했었지?"

오래전 일이 생각난 듯 수가 갑자기 물었다.

"그걸 기억해?"

"그럼. 글짓기 대회에서 상 받아서 발표했잖아. 꿈이 주제였고……. 동생 병을 고쳐 주고 싶다고 했던 것 같은데. 지금도 의사가 되는 게 꿈이야?"

나는 선뜻 대답할 수 없었다.

어린 시절 나는 꿈이 많았다. 그림 그리는 게 좋아서 화가가 되고 싶었고, 노래 부르는 것도 좋아해서 가수도 되고 싶었다. 그림책이 좋아서 그림책 작가를 꿈꾸기도 했다. 그런데 지연이가 태

어나면서 내 꿈은 의사로 바뀌었다. 내가 의사가 되는 건 엄마의
바람이기도 했다. 언제부터인가 엄마의 꿈이 내 꿈이 되었고, 내
꿈이 엄마의 꿈이 되었다. 그 이후로 단 한 번도 다른 미래를 생
각해 본 적이 없다. 내가 다른 걸 꿈꾼다는 건 엄마를 배신하고,
내 동생 지연이를 버리는 일인 것 같았다.

"요즘에 언니가 학교에서 달팽이를 돌보고 있는데, 정말 귀여
워."

나는 학교에서 돌아오면, 지연이한테 달팽이 돌보는 이야기를
들려주었다. 달팽이가 어떻게 생겼는지 그림도 그려 주고, 당근을
줬더니 붉은색 똥을 쌌다는 이야기도 해 주었다.

"어, 언니. 나, 나도 달팽이 보고 싶어."

지연이에게 달팽이를 꼭 보여 주고 싶었다. 지연이가 달팽이를
보며 좋아서 소리를 지르는 모습이 머릿속에서 어른거렸다. 고민
고민하다가 어렵게 용기를 내서 선생님께 부탁했다. 선생님은 귀
찮은 듯 달팽이 주인 준석이한테 직접 물어보라고 했다.

"내가 돌보는 달팽이 말이야……. 주말에 집에 데려갔다가 월
요일 날 다시 데려오면 안 될까?"

"내 달팽이를 집에 데려가겠다고? 왜?"

준석이는 이상하다는 듯 물었다.

“내 동생이 동물을 좋아하거든. 한번 직접 보여 주고 싶어서……. 월요일 날 꼭 데려올게. 부탁해.”

준석이가 잠시 망설이는 사이, 옆에 있던 남자아이 중의 한 명이 말했다.

“재 동생 장애인이잖아. 개 보여 주고 싶어서 그러나 봐.”

“정말? 장애인이 내 달팽이 만지는 거 싫은데…….”

준석이는 눈살을 잔뜩 찌푸렸다. 더는 아무 말도 할 수 없었다.

“싫으면 됐어.”

나는 조용히 내 자리로 돌아와 앉았다. 바보처럼 괜한 이야기를 꺼낸 것 같아 후회되었다.

주말을 보내고 교실에 들어섰을 때였다. 교실 뒤쪽에 아이들이 모여 있었다. 무슨 일인가 가까이 다가가 보니, 달팽이 집이 텅 비어 있었다.

“달팽이 어디 갔어?”

나는 놀라서 주위에 있던 아이들한테 물었다.

“어디 가긴, 네가 가져가 놓고 모르는 척이야.”

준석이가 사나운 눈으로 나를 노려보았다. 주위에 있던 아이들의 눈길이 모두 나에게 쏠렸다.

“무슨 말이야? 나…… 아니야.”

나는 떨리는 목소리로 겨우 대답했다.

"네가 동생 보여 주고 싶다며? 병신 동생 말이야."

준석이가 비실비실 웃으며 내 앞으로 다가왔다. 나는 놀라서 뒷걸음을 쳤다.

"이러지 마. 난 정말 안 가져갔어."

"이르지 마. 난 증말 안 가져갔엉."

준석이가 내 말을 따라 하며 비아냥거렸다. 그때 뒷문이 열리고, 수가 들어왔다. 화장실에 다녀온 듯 손에 있는 물기를 바지에 닦으며 아이들을 보았다.

"뭐야?"

"달팽이가 사라졌어. 김채연이 가져간 것 같은데, 이게 오리발을 내밀잖아."

준석이가 수를 보며 고자질하듯 말했다.

"달팽이 죽었어."

수가 피식 웃으며 입을 삐죽거렸다.

"주, 죽었다니⋯⋯. 금요일까지 멀쩡했던 달팽이가 왜 죽어?"

준석이가 놀란 얼굴로 따져 물었다.

"내가 버렸어."

"뭐, 네가 왜?"

"어떤 멍청한 새끼가 상추를 잔뜩 넣어 줬더라."

"상추? 그건 내가 넣어 줬는데⋯⋯. 그게 왜?"

준석이가 어리둥절한 얼굴로 말했다.

"날은 덥고, 상추는 썩고……. 날벌레들이 끓으면서 달팽이 껍데기 안에 알을 낳았어. 냄새 나고 더러워서 변기에 버리고 왔어."

수의 말을 증명이라도 하듯 달팽이 집 주위에 날벌레가 날아다녔다. 아이들이 잔뜩 찡그린 얼굴로 달팽이 집을 들여다보았다.

"으악, 벌레."

"뭐야, 더럽잖아. 준석이 네 잘못이니깐 네가 처리해."

아이들이 한마디씩 했다. 준석이는 잔뜩 찡그린 얼굴로 달팽이 집을 들고 교실 밖으로 나갔다.

갑자기 눈물이 쏟아졌다. 아무런 잘못 없이 의심을 받은 것도 속상하고 내 동생에 대해 함부로 말하는 애들한테도 화가 났다. 그리고 무엇보다 내가 잘 돌보지 못해서 달팽이가 죽은 게 속상했다. 준석이가 상추를 잔뜩 넣을 때 못 하게 말렸어야 했는데, 준석이 말에 화가 나서 그냥 내버려 두고 집에 갔던 게 후회가 되었다. 모든 게 내 잘못처럼 느껴졌다.

그날은 가만히 있어도 자꾸 눈물이 나와서 수업 시간 내내 고개를 들 수 없었다. 나는 아이들이 볼까 봐 쉬는 시간마다 화장실로 달려갔다. 온종일 울어서 그런지 얼굴이 퉁퉁 부어 있었다. 수업이 끝나고 집으로 무거운 발걸음을 옮겼다. 현관을 열고 안으로 들어서자, 지연이가 나를 보며 반겼다.

"어, 언니, 다, 달팽이."

지연이가 가리킨 탁자를 보니, 음료를 담는 투명 플라스틱 통이 있었다. 그리고 그 안에 달팽이 두 마리가 들어 있었다. 한눈에 봐도 내가 학교에서 키우던 달팽이가 분명했다.

"어떻게 된 일이야?"

나는 놀라서 엄마한테 물었다.

"초인종 소리가 나서 나가 봤더니, 문 앞에 이게 있더라고. 난 네가 가져다 놓은 건 줄 알았는데 아니었어?"

"달팽이 예뻐."

지연이가 손뼉을 치며 좋아했다.

"너희 살아 있었구나."

나는 달팽이가 들어 있는 플라스틱 통을 꼭 끌어안았다.

"목공 일 하는 건 힘들지 않아?"

"힘들어. 다칠 때도 많고……. 조금만 긴장을 늦추면 바로 사고가 나거든."

그러고 보니, 수의 손에는 반창고가 덕지덕지 붙어 있었다.

"많이 아팠겠다."

"괜찮아."

"목공 일 말이야, 힘든데 왜 배우려고 해?"

"힘들긴 한데, 무언가 완성되는 걸 지켜보는 게 좋아."

"무언가 완성되는 거……."

100점 맞은 시험지만 가져다주면 엄마를 기쁘게 할 수 있다고 생각했다. 처음에는 한 과목, 다음에는 두 과목, 그리고 세 과목……. 엄마의 목표는 점점 더 커졌다. 엄마가 원하는 중학교에 가야 했고, 그리고 또 엄마가 바라는 고등학교에 가야 했다. 나는 엄마와 지연이를 위해 정말 열심히 공부했는데, 이제는 앞이 보이질 않는다.

"괜찮아?"

수가 걱정되는 얼굴로 화장지를 건넸다. 그러고 보니 코에서 뭔가 뜨거운 게 흐르는 것 같았다.

"괜찮아. 자주 있는 일이야."

나는 화장지를 받아서 코를 닦았다. 하얀 화장지에 붉은 핏자국이 물감처럼 번졌다.

"코피가 많이 나네. 얼굴색도 안 좋고. 공부한다고 너무 무리하는 거 아니야?"

수는 화장지를 더 뽑아서 나에게 건넸다. 나는 수의 손등을 내려다보았다. 수의 손등에 오래된 흉터 하나가 희미하게 남아 있었다. 내 손등에 방금 상처가 난 것처럼 찌릿한 통증이 느껴졌다.

천둥이 치고, 비가 많이 쏟아지던 날이었다. 아이들은 밖으로 나가지 못하고 교실 앞쪽에 모여서 말뚝박기를 했다. 아이들이 웃고 떠드는 소리로 교실 안이 꽤 소란스러웠다.

"야, 시끄러워."

뒷자리에 앉아 있던 수가 버럭 소리를 질렀다. 수는 자리에서 벌떡 일어나 앞으로 성큼성큼 걸어 나갔다. 여자아이들은 수의 눈치를 보며 슬금슬금 자리로 돌아갔다. 보다 못한 남자아이들이 한마디씩 했다.

"왜 그래? 재밌게 노는데……."

"그러게 말이야. 점심시간에 노는 건데, 네가 무슨 상관이야?"

"해도 정말 너무하네."

남자아이들은 똘똘 뭉쳐서 수에게 대들었다.

수는 당황한 듯 잠시 머뭇거리다가 갑자기 책상을 걸어차고 의자를 집어 던졌다. 여자아이들이 놀라서 비명을 질렀다.

"너희들 조용히 못 해? 한 번만 더 까불면 죽을 줄 알아."

수는 분을 삭이지 못하고 으르렁거렸다. 교실 안이 찬물을 끼얹은 것처럼 순식간에 조용해졌다.

그날 마지막 시간이었다. 누가 말했는지, 선생님은 우리 모두 조용히 앉으라고 했다.

"수는 앞으로 나와."

선생님이 말하자, 수가 자리에서 일어났다. 수는 모든 걸 다 포기한 것처럼 조용히 앞으로 걸어 나갔다.

"친구들을 위협했다는 게 사실이야?"

수는 아무 말도 하지 않았다.

"네가 깡패 새끼야? 애들한테 사과해, 당장."

수가 여전히 대답하지 않자 선생님의 얼굴이 점점 붉게 상기되었다.

"빨리 말하지 못해!"

선생님이 더는 못 참겠다는 듯 빽 소리를 질렀다.

수는 고개를 옆으로 돌리고 선생님을 노려보았다.

"네가 노려보면 어떻게 할 건데? 불쌍해서 오냐오냐해 줬더니, 제멋대로야."

마지막 말은 선생님이 하지 말았어야 했다. 선생님을 노려보던 수가 갑자기 앞자리 아이 책상에 있던 미술용 조각칼을 들어 자기 손등을 그었다. 하얀 손등에서 새빨간 피가 뚝뚝 떨어졌다.

"너…… 이, 이게 뭐 하는 짓이야?"

선생님이 몸을 부들부들 떨었다. 숨소리도 들리지 않을 만큼 교실 안에는 적막이 맴돌았다.

"회, 회장. 빨리 가서 3반 선생님 좀 모시고 와."

선생님은 더듬거리며 겨우 말을 했다.

"네."

회장이 놀라서 복도로 달려 나갔다.

선생님은 꼼짝 않고 서 있었다. 그리고 수도 한 손에 칼을 들고 그대로 서 있었다. 수의 손등에서 피가 계속해서 흘러 교실 바닥에 떨어졌다. 여자아이들은 울음을 터뜨렸다. 나는 수의 눈을 보았다. 사나운 수의 눈이 두려움으로 떨리고 있었다. 수의 눈을 보는 순간, 엄마 아빠가 싸울 때마다 벽에 머리를 들이받으며 울부짖던 지연이가 떠올랐다. 머리가 찢어져서 피가 나도, 지연이는 계속해서 벽에 머리를 찧었다.

나도 모르게 앞으로 걸어 나갔다. 수의 오른손에 쥐어진 칼을 빼앗아 선생님 책상 옆에 있는 쓰레기통에 던져 버렸다. 그러고는 책상 위에 있는 화장지를 뽑아서 수의 손등을 감쌌다. 화장지가 금세 빨갛게 물들었다.

"꾹 누르고 있어."

수가 놀라서 나를 바라보았다.

곧이어 3반 선생님이 교실로 달려왔다. 3반 선생님은 덩치가 좋은 남자 선생님이었다. 회장한테 대략 이야기를 들었는지, 차분하게 상황을 정리했다.

"회장, 선생님 모시고 교사 휴게실로 가라. 그리고 너희는 조용히 자습하고 있어."

3반 선생님은 나보고 수를 보건실에 데려다주라고 했다. 보건실에 갈 때까지 수와 나는 한마디도 하지 않았다. 수는 말 잘 듣는 아이처럼 얌전히 내 뒤를 따라왔다. 나는 걸음을 멈추었다.

"다시는 그러지 마."

나는 수를 바라보며 간절한 눈빛으로 말했다. 그때 복도 바닥으로 떨어지는 눈물을 보았다. 수는 고개를 푹 숙인 채, 소리를 내지 않으려고 애쓰고 있었지만, 어깨가 심하게 흔들리고 있었다.

수의 손등에 난 흉터는 자세히 보지 않으면 모를 정도로 잘 아물어 있었다.

나는 수가 건넨 화장지를 받아서 코를 닦았다. 조금 지나니 피가 멎은 것 같았다.

"이제 괜찮아."

우리는 김밥집에서 나와 사람이 많이 다니지 않는 조용한 길을 찾아 걸었다.

"아까 하던 이야기 계속해 봐. 목공 일 하는 거 말이야."

내가 묻자, 수가 빙긋이 웃었다.

"나무는 따뜻해. 내가 만든 작품에 손을 대고 있으면 나무가 마치 숨을 쉬고 있는 것 같아. 따뜻한 숨결이 느껴져. 공장에서 찍어 내듯 만든 가구에서는 절대로 경험할 수 없는 느낌이야.”

수가 나지막한 목소리로 말했다. 나는 수가 만든 가구가 숨을 쉬는 걸 상상해 보았다. 나도 느껴 보고 싶었다.

“나도 같이 가도 돼?”

“어디를?”

“삼촌이 하는 목공소 말이야. 안 돼?”

“상관은 없지만…….”

수는 잠시 망설이다가 대답을 했다.

“좋아. 같이 가자. 좀 부끄럽기는 해도 내가 만든 작품도 보여 줄게.”

수가 앞장을 섰고, 내가 조용히 그 뒤를 따랐다.

수는 한적한 주택가로 한참 걸어 들어가더니, 낡은 3층 건물 앞에서 멈춰 섰다. 목공소는 1층에 있었는데, 주차장을 개조해서 쓰는 것 같았다. 입구에 ‘수 목공소’라고 적힌 작은 나무 간판이 눈에 띄었다. 수의 얼굴이 빨개졌다.

“나는 싫다고 했는데, 우리 삼촌이 저렇게 지었어.”

수는 묻지도 않은 말을 했다. 쑥스러워하는 모습이 낯설면서도 귀엽게 느껴졌다. 유리문을 열고 들어서자, 털이 까만 푸들 한 마리가 왈왈 짖으며 달려왔다.

"왈순이 이 녀석, 또 끈 풀고 탈출했구나."

수가 강아지를 번쩍 안으며 털을 쓰다듬었다. 강아지가 기분 좋은 듯 수의 손을 핥았다.

"강아지 이름이 왈순이야?"

"응. 만날 왈왈 짖어서 왈순이야. 버려져서 동네를 떠돌던 앤데, 불쌍해서 데리고 왔어. 얼마나 굶었는지 배가 홀쭉하더라. 장이 밖으로 나올 정도로 몸도 엉망이었어. 병원에 가서 치료받고, 지금은 많이 좋아진 거야. 그런데 아직 똥오줌을 못 가려. 눈치 없이 비싼 나무에 오줌을 싸거든. 그래서 줄을 매어 놓아야 해."

"수 왔냐?"

나무 문이 열리고 창고에서 무섭게 생긴 아저씨가 나왔다. 앞머리에 기름을 발라 뒤로 넘겨 묶은 아저씨는 누렇게 바랜 민소매에 개량 한복 바지를 입고 있었다. 아저씨 팔뚝에 새겨진 용 문신이 눈에 들어왔다.

"앤 뭐냐?"

아저씨의 짙은 눈썹이 꿈틀거렸다.

"친구……. 삼촌 인상 좀 펴. 애 놀라잖아."

수가 내 눈치를 보며 말했다.

"내 인상이 뭐 어때서 타박이야? 그리고 학원 끝났으면 일찍일찍 와야지. 이제껏 놀다 온 것도 모자라서 애인까지 달고 오냐?”

“친구라니까…….”

수가 볼멘소리로 말했다.

“난 그냥 농담한 건데, 왜 얼굴이 빨개지냐? 너 귀까지 빨개졌어.”

아저씨는 재밌다는 듯 수를 놀려 댔다.

“학생, 커피 마실래? 그런데 여기는 믹스밖에 없어.”

“괜찮아요. 커피믹스 좋아해요.”

“커피 마실 줄 아네. 달짝지근한 믹스가 최고지!”

아저씨가 커피 물을 끓이는 동안 수는 자기가 만든 가구를 보여 주겠다며 목공소 구석으로 안내했다.

“우리 삼촌, 보기에는 좀 무섭게 생겼어도 마음은 따뜻해. 엄마 아빠도 버린 나를 데려다가 지금까지 키워 주셨어. 나 때문에 삼촌이 맘고생이 많았지.”

수가 쓸쓸하게 웃었다. 예전에 주영이가 했던 말이 떠올랐다. 학교 앞에서 수를 기다렸다는 조폭 아저씨가 삼촌이었나 보다. 외모만 보면 아이들이 충분히 그런 상상을 했을 것 같다.

그 사건이 있은 뒤, 수는 학교에 나오지 않았다. 아이들은 수가 다른 학교로 전학을 갔다는 둥, 퇴학을 맞았다는 둥 수군거렸다.

그러나 며칠 뒤, 수가 다시 교실에 나타나자 제각기 떠들던 아이들이 입을 다물었다. 그 뒤로 수는 아이들이 노는 걸 방해하지도 않고, 괜히 시비를 걸지도 않았다. 선생님은 수가 책상에 엎드려 있든, 수업에 들어오든 말든 상관하지 않는 듯 보였다. 선생님도 아이들도 수를 마치 투명 인간처럼 대했다. 6학년 남은 학기가 그렇게 조용히 지나갔다. 그리고 중학생이 되었다.

반 아이들 대부분이 집 근처에 있는 중학교에 입학했지만, 나는 엄마가 원하는 사립 중학교에 들어갔다. 중학교에 입학하고 나서도 전에 다니던 영어 학원에 다녔다. 가끔 매점 앞에서 주영이와 마주쳤는데, 주영이는 만날 때마다 6학년 때 반 아이들 소식을 전해 주었다. 대부분 누가 누구와 사귄다는 시시콜콜한 연애 이야기였다.

"참, 너 소식 들었어?"

"무슨 소식?"

"프랑켄슈타인 말이야. 얼마 전에 학교 때려치웠어."

"왜?"

나는 우유를 마시다가 놀라서 옷에 흘리고 말았다.

"같은 반 남자아이와 싸움이 붙었는데, 프랑켄슈타인이 엄청나게 두들겨 맞았나 봐. 근데 어이없게도 수를 때린 애가 일진도 아니고 진짜 평범한 애였대. 우린 걔가 정말 대단한 줄 알고 엄

청 쫄았었잖아. 프랑켄슈타인 그러고 자퇴했대. 저도 엄청 쪽팔
렸겠지.”

몇 개월 뒤, 나는 중학교 근처로 학원을 옮겼다. 그리고 수의
소식도 더 들을 수가 없었다.

“내가 만든 책상이야.”

목공소 구석에 있는 책상을 가리키며 수가 말했다. 작은 책상
은 은은한 갈색빛을 띠고 있었는데, 한눈에 봐도 공을 많이 들
인 작품 같았다.

“자작나무로 만든 거야. 나무 이름이 왜 자작나무인 줄 알
아?”

“글쎄 잘 모르겠는데.”

나는 고개를 가로저었다.

“나무가 탈 때, 자작자작 소리가 나서 자작나무래.”

“에이, 설마.”

“그렇다니깐.”

수가 웃으며 말을 이었다.

“자작나무는 단단하고 튼튼해. 추운 지역에서 자라서 단단해
진 것 같아. 추위와 싸우느라 말이야. 봐, 나뭇결이 그대로 살아
있지? 나무가 숨을 쉴 수 있도록 천연 염색제를 발랐어. 한번 만

져 봐."

나는 수가 시키는 대로 책상에 손을 대 보았다. 눈을 감고 손끝으로 나무가 숨 쉬는 걸 느껴 브았다. 수가 왜 따뜻한 숨결이라고 표현했는지 알 것 같았다.

"커피 다 됐습니다."

아저씨 목소리에 놀라서 눈을 떴다. 아저씨 손에 머그잔 두 개가 들려 있었다. 아저씨는 머그잔 하나를 나에게 건넸고, 다른 하나는 수에게 건넸다.

"아저씨는요?"

"난 아까 많이 마셨어. 둘이 놀고 있어라. 난 나가서 일 좀 보고 올게."

"어디 가는데?"

수가 물었다.

"어디 가긴, 수금하러 가지. 막걸릿집 김 사장, 그 자식이 한참 바쁠 때 데려다가 실컷 부려 먹더니, 돈 줄 생각을 안 하네. 돈 안 주면 술이라도 얻어먹고 와야겠다."

"또 낮술이야?"

"짜식, 잔소리는. 걱정 마, 조금만 먹고 올게. 참, 왈순이 꼭 묶어 놔. 한 번만 더 비싼 나무에 똥 싸면 확 내쫓아 버릴 거다."

아저씨가 말을 마치자마자, 왈순이가 아저씨를 향해 왈왈 짖었다.

“머리도 나쁜 녀석이 지 흉볼 때는 다 알아듣네. 이 자식 똥 싸고 오줌 쌀 때만 일부러 머리 나쁜 척하는 거 아니야?”

아저씨가 허허 웃었다. 아저씨가 나가자 수는 왈순이 머리를 쓰다듬었다.

“왈순아, 들었지? 너 절대 나무에 똥 싸면 안 돼. 알겠지?”

왈순이가 알겠다는 듯, 왈왈왈 짖어 댔다.

“왈순이 귀엽다.”

“그치?”

수가 밝게 웃었다. 나는 커피를 마셨다. 목공소에서 나는 나무 냄새와 커피 향이 어우러져 더 깊고 좋은 냄새가 났다.

“그런데 너 무슨 학원 다녀? 아까 아저씨가 말하던데.”

“사실은……, 나 중학교 때 학교 그만뒀어. 얼마 전부터 검정고시 학원 다니고 있어.”

나는 고개를 끄덕였다. 내 반응에 수가 놀란 듯 나를 바라보았다.

“나 학교 그만둔 거 알고 있었어?”

“응.”

내 대답에 수는 잠시 망설이다 다시 입을 열었다.

“나, 사실은 어릴 때 겁이 많았어. 그런데 아이들이 나를 더 무

서워하는 것 같았어. 내 얼굴에 난 화상 자국 때문이라는 걸 알
게 되었지. 처음에는 아이들을 겁주는 게 재미있었어. 놀림받는
것보다 그편이 나았으니깐. 그런데 어느 순간부터 화가 나더라.
아이들이 나를 괴물 보듯 하는 게 싫었어. 나도 아이들하고 어울
려 놀고 싶은데, 아무도 나를 놀이에 끼워 주지 않더라고. 그때부
터 정말 괴물이 되어 가는 것 같았어. 나도 그만두고 싶었지만 멈
출 수가 없었어. 네가 그만하라고 말하기 전까지는 말이야……."
  수는 입이 마른 듯 커피를 한 모금 마셨다.
  "중학교 때 어떤 녀석이랑 한판 붙은 적이 있었어. 덩치도 나
보다 작고, 평범한 녀석이었는데, 그 녀석은 나를 무서워하지 않
더라고. 나를 무서워하지 않던 사람은 너 빼고 그 녀석이 처음이
었던 것 같아. 그 녀석한테 두들겨 맞는데, 아픈 것보다 속이 다
후련했어. 실컷 싸우고 나서 결국 그 녀석하고 친구가 되었어. 웃
기지?"
  "아니……."
  나는 궁금한 걸 다시 물었다.
  "그런데 왜 학교는 그만둔 거야?"
  "일진 선배들 때문에. 자기네 조직에 들어오라고 매일 괴롭혔
거든. 거기에 들어가서 다시 괴물 역할을 하고 싶지는 않았어."
  "그랬구나……."

　예전에 수는 무서운 가면을 쓰고 있었다. 가면 뒤에 숨어서 자기와 어울리지 않는 역할을 하고 있었던 거다. 나도 나에게 어울리지 않는 가면을 쓰고 살아온 건 아닐까……. 다른 사람들이 나에게 만들어 준 가면, 그 모습이 진짜 나라고 착각하며 살았던 건 아닐까…….

　"하지만 어느 쪽도 편하지 않았어. 학교를 다니는 것도, 그만두고 혼자 방황하는 시간도 말이야. 삼촌은 목공 일이 많이 험하다며 내가 목수가 되는 걸 반대했어. 하지만 어쩌겠어. 나무를 만지면 마음이 편해지는걸. 앞으로 목공 가르치는 학교에 들어가서 제대로 일을 배워 보려고. 삼촌을 따라 집 짓는 걸 배우러 다녔는데, 거기서 알게 된 분이 그 학교 선생님이야. 나보고 실력이 괜찮다고 자기 제자로 들어오라고 하더라고."

　수가 쑥스러운 듯 머리를 긁적거렸다.

　"학교에 돌아가는 게 두렵지 않아?"

　"두려워. 하지만 시작이 거기라면 다시 부딪쳐 보려고."

　수의 말을 듣는 순간 내가 다시 시작해야 하는 곳은 어딘지 궁금해졌다.

　"나 자작나무 숲에 가고 싶어."

　"갑자기 자작나무 숲에는 왜?"

　수가 물었다.

“한 번도 본 적이 없거든. 내 눈으로 직접 보고 싶어.”

“그래, 같이 가자.”

수가 나를 보며 환하게 웃었다. 순간, 눈앞으로 하얀 자작나무 숲이 펼쳐지는 것 같았다. 차가운 바람과 싸우며 넓은 벌판에 곧게 뻗어 있는 자작나무.

어느덧 나는 수와 함께 자작나무 숲을 거닐고 있었다.

남친 만들기

“너 먼저 가. 나 남친이랑 약속 있어.”

희영이의 살짝 들뜬 목소리가 가볍게 떨렸다.

뭐야, 행복해 보이는 저 표정. 나랑 같이 있을 때가 가장 좋다고, 자기를 이해해 주는 사람은 세상에 나밖에 없다고 할 때는 언제고, 이젠 훈인가 뭔가 하는 애한테 푹 빠져서는 단짝 친구를 헌신짝 버리듯 하다니……. 나는 목에서 쓴 물이 올라오는 걸 꿀꺽 삼켰다. 생각 같아서는 아주 솔직하게, 그리고 따끔하게 충고해 주고 싶었다. “지금 네 모습이 얼마나 한심해 보이는 줄 알아? 제발 정신 좀 차려!” 하고 말이다. 하지만 내 입에서는 전혀 다른 말이 나왔다.

“알았어. 그럼 나 먼저 갈게.”

“우리 엄마한테는 절대 비밀이다. 나는 너랑 같이 있는 거야.”

“알았다니까.”

“문순아, 미안해. 내 마음 알지?”

희영이는 한쪽 눈을 찡긋거리며 애교를 떨었다. 다른 때 같으면 귀엽게 보였겠지만 오늘은 정말 아니다. 나는 나오지도 않는 쓴웃음으로 인사를 대신하고는 힘들게 발걸음을 옮겼다.

“문순아!”

뒤에서 희영이의 목소리가 들렸다. 혹시나 하는 기대를 저버리지 못하고 서둘러 뒤를 돌아보았다. 쏟아져 나오는 아이들 틈바구니에 희영이가 오뚝 서 있었다.

“내일은 떡볶이 먹으러 같이 가 줄게.”

희영이가 손을 흔들며 소리쳤다. 같이 가 준다고? 희영이의 마지막 말이 잔인하게 내 가슴을 들쑤셨다. 꾹꾹 누르고 있던 화가 다시 부글부글 끓어올랐다. 떡볶이 못 먹어 죽은 귀신이 씐 것도 아니고, 누가 떡볶이 못 먹어서 환장했나. 그깟 떡볶이 안 먹어도 그만이다.

학교에서 일곱 시간, 그리고 다시 학원에서 네 시간. 힘든 일과가 끝나고 집으로 돌아가는 길에 희영이와 함께 분식점에 들러 선생님들 흉도 보고 친구들 이야기로 수다를 떨다 보면 하루 동안 쌓였던 스트레스가 한순간에 확 날아가 버리곤 했다. 그래서 희영이와 함께 떡볶이를 먹는 시간이 소중했다. 요즘에는 그 소중한 시간마저도 남자친구 자랑에 정신이 없는 희영이였다. 아주 유치하고 재미없는 이야기를 맞장구까지 쳐 주면서 힘들게 들어 준 게 어딘데, 이제 와서 같이 가 주겠다니……. 나는 너무 기가 막혀서 말이 나오지 않았다. 하지만 다른 한편으로는 희영이와 보냈던 예전의 그 소중한 시간들이 가슴에 사무치도록 그리웠다.

초겨울 바람이 차갑게 옷깃을 파고들었다. 엄마가 챙겨 준 외투를 뚱뚱해 보인다는 이유로 안 입고 나온 게 후회되었다. 어차피 봐 줄 사람도 없는데 말이다. 몸을 잔뜩 옴츠려도 보고, 주머니에 손을 넣어도 보고, 재킷의 깃을 세워 바람을 막아 보기도 했지만 소용이 없었다. 차가운 바람은 가슴속 깊은 곳으로 자꾸만 자꾸만 밀려 들어와 거칠게 회오리쳤다. 희영이만 있다면 이 정도 추위쯤은 사실 아무것도 아니다. 팔짱을 꼭 끼고 걷다가 포장마차에 들러, 뜨거운 어묵 국물 한 모금 후루룩 마시고 나면 쉽게 떨쳐 버릴 수 있는 추위였다. 희영이만 곁에 있다면 말이다.

지친 발걸음으로 터덜터덜 집을 향해 걷는데, 갑자기 얼굴 위로 차가운 게 떨어졌다. 뺨을 쓰다듬다가 하늘을 올려다보았다. 검은 하늘 위로 하얀 눈송이가 날리고 있었다. 손꼽아 기다리던 첫눈이다.

"첫눈 오는 날까지 봉숭아 물이 남아 있으면 소원이 이루어진대. 나, 엄지발가락에 아직 봉숭아 물 남아 있어. 일부러 발톱도 안 깎고 있는걸. 곧 있으면 발톱이 양말을 뚫고 나올지도 몰라.

하지만 버틸 때까지 버티려고. 네가 영원히 내 옆에 있게 해 달라고 소원을 빌 거야. 문순아, 내가 널 얼마나 사랑하는지 알지? 너 없으면 난 하루도 살 수 없어.”

갑자기 희영이가 했던 주옥같은 말들이 떠올랐다. 나는 주머니에서 휴대전화를 꺼냈다. 지금쯤 희영이도 하늘에서 떨어지는 눈송이를 보고 있을 것이다. 그럼 분명히 내 생각이 날 거고, 첫눈을 바라보며 자기가 얼마나 나한테 소홀했는지 깨닫게 될 것이다. 지금이라도 그걸 깨닫는다면 그동안 아무 일도 없었던 것처럼 다 용서하고, 진심으로 희영이를 받아 줄 생각이다. 하지만 한참 동안 휴대전화를 들여다봐도 벨은 울리지 않았다. 혹시 배터리가 나간 게 아닌가 확인해 보았지만 그것도 아니었다. 휴대전화를 주머니에 넣으려는 순간, ‘띠릭’ 신호음이 났다. 희영이가 틀림없다. 서둘러 메시지를 확인했다.

─눈 온다고 싸돌아다니지 말고 빨랑 집에 들어와.

이렇게 길거리에서 혼자 첫눈을 맞이하는 것도 처량한데, 첫눈 오는 날 가장 먼저 듣게 된 소리가 엄마의 잔소리라니……. 재빨리 휴대전화 전원을 끄고 주머니에 넣었다.

다른 학원도 끝나는 시간이라 건물에서는 아이들이 삼삼오오

짝을 지어 쏟아져 나왔다. 학원들이 밀집해 있는 곳을 벗어나 큰 길로 나오자 화려한 네온사인이 반짝였다. 술집 앞에는 대학생으로 보이는 언니 오빠들이 첫눈 오는 날을 자축하며 웃고 떠들고 있었다. 나 혼자만 전혀 다른 세상에 있는 듯했다. 외톨이가 되어 버린 듯한 느낌, 외롭다 못해 서글퍼지기까지 했다.

나한테 친구가 희영이 한 명만 있는 건 아니다. 하지만 마음이 가장 잘 통하는 친구는 초등학교 때부터 단짝 친구인 희영이뿐이다. 중학교에 올라오면서 각각 다른 학교로 배정을 받아 예전보다 함께 지내는 시간이 많이 줄었지만, 그래도 희영이만 한 친구가 없었다. 정 많고, 활발하고, 친절하고, 똑똑하고, 당차고…… . 생각해 보면 희영이에 대해 표현할 수 있는 수식어가 수십 가지가 넘는다. 중학교에 와서 아직 정붙일 만한 친구를 만나지 못한 것도 있지만, 희영이만큼 괜찮은 친구는 없다.

6개월 전, 가까운 학원을 두고 희영이가 다니는 종합 학원으로 옮긴 것도 더 많은 시간을 희영이와 함께 보내기 위해서였다.

"중학교에 올라오면서 너랑 멀어질까 봐 걱정 많이 했어. 하지만 이제 같은 학원 다니니까 예전처럼 매일 볼 수 있잖아. 나 정말 행복한 거 있지? 문순아, 고마워. 우리 앞으로 공부 더 열심히 하자. 알았지?"

희영이가 내 목을 끌어안고 좋아했던 때가 바로 엊그저께 같다. 그런데 희영이가 한 달 전 같은 학교 다니는 훈이라는 애랑 사귀게 되면서 나는 하루아침에 찬밥 신세가 되고 말았다. 그렇다고 다시 학원을 옮길 수도 없는 노릇이다. 만약에 훈이 때문에 학원을 옮긴다는 걸 희영이가 알게 된다면, 나는 영락없이 속 좁고 샘 많고, 친구의 남자친구나 질투하는 한심한 애로 보일 게 뻔하다. 그랬다가는 단짝 친구를 영원히 잃게 될 수도 있다. 단짝 친구이기 때문에 가장 먼저 비밀을 털어놓는 거라고 고백하는 희영이한테, "와, 정말 잘됐다." 하며 축하까지 해 주던 내가 아니었나.

"네가 축하해 줄 거라고 믿었어. 너는 내 가장 소중한 친구잖아. 그래서 내가 널 좋아하는 거야."

희영이한테 들었던 칭찬을 다시 떠올리며 힘들게 마음을 가다듬었다. 하지만 다른 한편으로는, '어차피 오래가지도 못할 거야. 훈인가 뭔가 하는 애 완전히 바람둥이처럼 생겼잖아. 제발 좀 깨져 버려라.' 하는 구렁이처럼 엉큼한 마음이 저 밑바닥에서부터 스멀스멀 올라오며 혀를 날름거렸다.

다음 날 자습 시간이었다.

"저, 있잖아."

한참 수학 문제집을 풀고 있는데, 회장 박상욱이 내 책상 앞으로 다가와 말을 더듬었다.

"왜?"

나는 문제집을 덮고 상욱이의 얼굴을 올려다보았다. 상욱이와는 6학년 때 같은 반이었다. 하지만 상욱이가 나한테 먼저 말을 걸어온 건 처음 있는 일이었다. 상욱이는 주위를 살피며 식은땀을 흘렸다.

"왜 그러는데?"

"아, 아니야."

상욱이는 마치 도둑질하다가 들킨 사람처럼 얼굴이 벌게져서는 도망치듯 앞으로 성큼성큼 걸어갔다.

"문순아, 상욱이랑 방금 무슨 이야기 한 거야?"

상욱이의 이상한 행동에 어리둥절해 있는데, 화장실에 갔다 오던 반디가 다가오며 물었다.

"몰라."

"아무래도 박상욱 뭔가 좀 이상해. 그러지 않고서야 왜 나를 보고 도망을 가겠어? 혹시 너한테 사랑 고백이라도 하려던 거 아니야?"

나는 얼굴이 뜨겁게 달아올랐다. 반디의 시선을 피하기 위해 서둘러 문제집을 펼쳤다. 조금 전까지 풀다 만 문제를 확인했지만, 숫자들은 제멋대로 머릿속을 돌아다닐 뿐이었다.

사랑 고백이라니 정말 말도 안 된다. 나는 나 자신을 누구보다 잘 안다. 남자애들이 고백이라는 걸 할 만큼 예쁘지도, 귀엽지도, 그리고 매력적이지도 않다. 이제껏 단 한 번도 남자애들한테 고백 같은 걸 받아 본 적도 없다. 하지만 상욱이가 하려던 말이 무엇이었을까, 도대체 무슨 말을 하려고 식은땀을 흘리며 말까지 더듬었을까, 내심 궁금했다.

미술 시간 내내 상욱이는 교탁 앞에 서서 가자미눈을 하고는 아이들을 감시했다. 담임이 미술 담당이라 학교 행사가 있을 때마다 바쁜데, 요즘에는 우리 학교에서 가장 큰 축제인 문화예술제 준비를 하느라 수업 시간에도 자리를 비웠다. 덕분에 미술 시간마다 회장인 상욱이의 감시를 받으면서 말라비틀어진 감자나 호박 따위의 정물화를 그려야 했다. 말썽을 피우면 절대로 용서하지 않겠다는 듯, 먹이를 찾는 한 마리의 독수리처럼 상욱이의 얼굴에서는 비장함마저 느껴졌다.

"으이, 짜증 나. 또 번졌잖아. 문순아, 뒤에 가서 휴지 좀 가져다줘."

명령인지 부탁인지 알 수 없는 반디의 말을 나는 못 들은 척 무시하고 계속 호박을 그리는 데 열중했다.

"내 말 안 들려? 휴지 좀 갖다 달라고 부탁했잖아."

"알았어."

마지못해 자리에서 일어나는데 상욱이가 기다렸다는 듯 내 이름을 불렀다.

"장문순."

아까와는 다르게 눈빛이 차가웠다.

"수업 시간에 돌아다니면 복도로 쫓겨나는 거 몰라?"

"미안, 반디가 그림 번졌다고 해서 휴지 좀 갖다주려고……."

다행히 상욱이의 눈빛이 조금 누그러졌다.

"정말 밥맛이야. 지가 무슨 선생님이라도 되는 것처럼 왜 저렇게 설쳐 대는지 모르겠어."

반디의 말에 잠깐 동안 누그러졌던 상욱이의 눈빛이 다시 날카롭게 바뀌었다. 그리고 날카로운 눈빛은 곧바로 반디한테 날아와 꽂혔다.

"김반디, 복도로 나가."

"뭐야? 내가 왜 나가. 나가고 싶으면 너나 나가."

"너 지금 안 나가면 선생님한테 보고한다."

선생님한테 보고한다는 말에 반디의 기세가 조금 꺾였다.

"그럼 문순이는?"

반디의 태도에 너무 기가 막혀서 말문이 콱 막혔다. 그런데 마치 내 마음을 알기라도 하는 것처럼 상욱이가 내 편을 들었다.

"김반디, 너 정말 웃긴다. 문순이는 너 도와주려고 그런 거잖

아. 고맙다고는 못 할망정 왜 문순이를 물고 늘어져? 너만 나가면 다 해결되니까 조용히 좀 나가 줄래?"

반디의 긴 속눈썹이 파르르 떨렸다. 갑자기 반디가 요란한 소리를 내며 자리에서 벌떡 일어났다.

"재수 없어!"

큰 소리로 내뱉고는 요란스럽게 밖으로 걸어 나갔다. 나는 아무 일도 없었던 것처럼 다시 그림을 그렸다. 하지만 꼭 다문 입술 사이로 나도 모르게 웃음이 비실비실 새어 나왔다. 솔직히 짝이라 어쩔 수 없이 반디와 가까이 지내고는 있지만 반디의 행동이 마음에 안 들 때가 많았다. 그렇다고 반디가 나쁜 아이라는 건 아니다. 얄미울 때가 많기는 하지만 크게 악의가 있거나 하지는 않기 때문이다. 그것도 반디의 재주가 아닌가 싶다. 미워할 수 없게 만드는 재주 말이다. 반디는 전교에서도 손꼽힐 만큼 예뻐서 꽤 인기가 많다. 같은 학년은 물론, 2학년 3학년 오빠들까지도 반디와 SNS 친구를 맺고 싶어 안달이다. 사귀는 남자애도 한둘이 아니었다. 처음에는 그냥 연락만 하고 지내는 사이인 줄 알았는데, 반디가 보여 준 휴대전화 메시지에는 보고 싶어 미치겠다는 둥, 사랑한다는 둥, 진한 표현이 가득했다. 반디 또한 답장까지 보내며 은근히 즐기고 있었다.

우리 반에서 유일하게 반디한테 관심을 안 보이는 남자는 박상욱뿐이다. 사실 담임마저도 반디의 애교 앞에서는 맥을 못 추는데 말이다. 하지만 반디가 아무리 아양을 떨어도 상욱이는 눈썹 하나 까딱하지 않는다. 상욱이가 반디한테 먼저 말을 건넬 때는 바로 오늘 같은 경우다. 상욱이가 했던 말을 다시 떠올리자 통쾌하다 못해 속이 다 후련했다. 2년 동안이나 같은 반이었지만, 상욱이를 한 번도 특별하게 생각해 본 적은 없다. 듬직하기는 한데, 말수가 적어서 여자애들하고는 잘 어울리지 못했다. 특별히 못난 구석이 있는 것도 아니지만, 여자애들이 좋아할 만큼 잘생긴 외모도 아니었다. 나한테 상욱이는 그저 평범한 남자애 중에 한 명일 뿐이었다. 하지만 오늘은 달랐다. 조금 무뚝뚝하긴 하지만 꽤 괜찮은 애라는 생각이 머릿속에 맴돌았다.

"혹시 너한테 사랑 고백이라도 하려던 거 아니야?"

반디가 했던 말을 떠올리자, 코끝이 간질간질한 게 야릇한 느낌마저 들었다.

미술 시간이 다 끝날 때쯤, 담임이 교실로 들어왔다. 미술 시간에 그림 안 그리고 돌아다니거나 회장한테 반항을 해서 복도로 쫓겨났던 아이들이 굴비 엮이듯 교실로 들어왔다. 반디가 가장 나중에 들어왔는데, 교실에 들어서자마자 상욱이를 노려보았다.

"이 녀석들아, 조용히 그림 그리라고 했더니 왜 수업 시간에 돌아다니고 그래? 내일부터 30분 일찍 와서 피켓 들고 금연 캠페인 할래?”

담임은 한심하다는 듯 아이들을 노려보았다.

“선생니임 그건 너무해용.”

반디가 혀 짧은 소리를 냈다.

“너무하긴 뭐가 너무해? 네가 너무하다. 너는 어떻게 만날 말썽이냐? 너희들 내일 또 걸리면 안 봐준다. 김반디 알겠어?”

담임이 반디를 보며 눈을 부라렸다.

“모두 자리로 돌아가. 너희들 내일 또 걸리면 알지?”

반디가 고개를 푹 숙이고 자리로 돌아와 앉았다.

“정말 짜증 나.”

반디의 눈에 눈물이 그렁그렁 맺혔다.

“넌 좋겠다. 박상욱이 너한테는 꼼짝 못하잖아.”

반디의 빈정대는 소리에 뭐라고 한마디 대꾸하고 싶었지만, 괜히 건드렸다가는 불똥이 나한테 튈 것 같아 입을 꼭 다물었다. 반디의 눈을 피하기 위해 서둘러 영어책을 폈다.

그런데 영어 시간 내내 이상한 느낌이 들었다. 누군가 보고 있는 듯한 느낌. 뒤를 돌아보니 3분단 맨 끝에 앉은 상욱이가 나를 바라보고 있었다. 상욱이는 나와 눈이 마주치면 당황해서 얼른 고개를 돌렸다.

처음에는 우연이라고 생각했다. ‘혹시 다른 아이를 보고 있는 건 아닐까?' 하는 생각도 해 보았지만, 상욱이의 눈길은 틀림없이 나를 향하고 있었다. 도대체 왜 그러는 건지, 무슨 할 말이 있는 건지, 궁금증이 꼬리에 꼬리를 물고 늘어졌다. 정말 나를 좋아하는 건 아닐까 하는 생각이 들 정도였다.

상욱이가 사귀자고 하면 어떻게 하나, 진지하게 고민까지 되었다. 하지만 아무리 생각해도 남자친구를 사귀는 건 아직 이르다는 생각이 들었다. 솔직히 누군가를 사귈 준비가 되어 있지 않다. 6학년 때도 같은 반에 커플이 다섯 쌍이나 있었는데, 그 아이들이 신기할 따름이었다. 중학교에 올라오자 커플이 더 많아졌다. 학교에서도 아예 노골적으로 손을 잡고 다니는 애들도 있었다. 하지만 그건 다른 애들 이야기일 뿐, 내가 그중 한 사람이 될 거라고는 단 한 번도 상상해 본 적이 없었다. 솔직히 나는 또래 애들이 이성 친구를 사귀는 것에 대해 반대다. 꼭 어른들 흉내를 내는 것 같기도 하고, 그런 건 나중에 대학 가서 하면 된다고 생각한다. 미래를 위해 무엇인가를 준비해야 할 중요한 시기에 이성 친구를 사귀는 건 시간 낭비에 공부에도 방해만 될 뿐이다.

희영이도 나와 똑같은 생각을 갖고 있었다. 훈이를 사귀기 전까지는 말이다. 그런데 훈이라는 애가 사귀자고 고백을 해 오자, 마치 기다렸다는 듯이 곧바로 승낙을 했다. 나를 배신하고 남자친구를 사귀는 희영이를 생각하니 다시 약이 바짝 올랐다. 희영이 앞에서 보란 듯이 남자친구를 사귀고 싶은 생각도 들었다.

솔직히 상욱이 정도의 남친이라면 나쁘지 않다. 아니, 오히려 남자애들 사이에서는 꽤 인기가 많기 때문에 이 기회에 남자애들하고 친하게 지낼 수도 있다. 상욱이와 사귄다면 반디뿐만이 아니라 다른 여자애들도 나를 쉽게 무시하지 못할 것이다. 여자애들 사이에서도 괜찮은 남친이 있는 애들은 무시하지 않는다. 그리고 무엇보다 희영이가 사귀는 애보다 상욱이가 백번 나았다. 머리에 잔뜩 힘이나 주고, 비싼 옷이며 비싼 가방을 들고 다니면서 희영이한테는 돈 한 푼 안 쓰는 족제비 같은 훈이가 떠오르자 갑자기 화가 치밀어 올랐다. 사기꾼 같은 놈한테 희영이를 빼앗긴 게 못내 속상했다.

상욱이가 사귀자고 하면, 못 이기는 척 승낙해 버려? 하지만 아주 잠깐 그런 생각을 했을 뿐이다.

"너 갑자기 왜 그래? 중학교 들어간 지 얼마나 됐다고 벌써 남자친구야? 세상에, 나는 남의 집 이야기로만 알고 있었지 네가 그러고 다닐 줄은 꿈에도 생각 못 했다. 얌전하게 공부 잘하고 있는 줄 알았더니 정말 실망이다……."

엄마가 퍼부어 댈 말이 떠오르자 정신이 번쩍 들었다. 아무리 생각해도 남자친구를 사귈 용기가 나지 않았다.

반디와 나는 청소 당번이라 수업이 끝나고도 집에 가지 못하고 교실에 남게 되었다. 반디는 휴대전화 벨이 울리자마자 기다렸다는 듯 복도로 나가 들어올 생각을 안 했다. 청소하기 싫어서 일부러 꾀를 부리는 게 틀림없었다. 하루 이틀 그러는 것도 아니기 때문에 이상할 것도 없다.

나도 주머니에서 휴대전화를 꺼냈다. 어제 화가 나서 꺼 놓았는데 혹시 희영이한테 메시지가 왔을까 궁금했다. 전원이 들어오자마자 알림이 왔다.

—첫눈 온다. 너도 보고 있지? 눈이 참 예쁘다. 문순아, 내가 말한 소원 기억나? 영원토록 내 곁에 가장 소중한 친구로 남아 줘. 사랑해~

희영이가 어제 보내온 메시지를 보자, 서운했던 마음은 어느새 눈 녹듯 사라지고 가슴이 뭉클했다.

—어제 곧바로 집에 가서 눈 오는 것도 못 봤어. 참, 오늘 학원 빨리 와. 너한테 할 말 있어.

메시지를 보내자, 곧바로 답장이 왔다.

─무슨 얘기?

─고민!

─무슨 고민?

─궁금하면 이따가 와서 들어.

─오케이.

희영이한테서 온 메시지를 확인하고 휴대전화를 주머니에 넣는데, 상욱이가 내 이름을 부르며 천천히 다가왔다. 담임 심부름 때문에 아직 교실에 남아 있었나 보다.

"어, 왜?"

상욱이를 보자마자, 심장이 요란하게 뛰었다. 혹시라도 내 심장 뛰는 소리가 상욱이한테 들리면 어쩌나 나도 모르게 뒷걸음을 쳤다.

"잠깐만."

상욱이가 더 가까이 내 앞으로 다가왔다. 나는 너무 놀라서 창가 쪽으로 다시 뒷걸음을 쳤다. 그러자 상욱이가 성큼 내 앞으로 다가섰다.

"너한테 할 말이 있어."

상욱이의 뜨거운 입김이 얼굴에 훅 와 닿았다. 심장이 너무 빨리 뛰어서 금방이라도 터질 것만 같았다.

“왜? 왜 그래?”

“저, 그게 말이야…….”

상욱이는 선뜻 말을 꺼내지 못하고 거친 숨만 몰아쉬었다. 나 또한 긴장을 너무 많이 해서 그런지 다리가 후들거리고 현기증까지 났다.

그때까지 나와는 눈도 제대로 마주치지 못하고 엉뚱한 곳만 바라보던 상욱이가 갑자기 내 눈을 똑바로 응시했다. 순간, 심장이 멎는 것 같았다. 그런데 갑자기 상욱이가 나를 확 끌어안았다. 너무 순식간에 일어난 일이었다. 상욱이의 무게가 실리자 균형을 잃고 뒤로 벌렁 드러눕게 되었고, 상욱이와 함께 교실 바닥에 뒹구는 끔찍한 상황이 연출되었다.

“얘네 미쳤나 봐. 너희 지금 교실 바닥에 드러누워서 뭐 하는 짓이야?”

언제 왔는지 반디가 입을 벌린 채 교실 뒷문 앞에 서 있었다.

“괜찮아?”

뒤로 넘어지면서 머리를 크게 다칠 뻔했는데, 다행히 상욱이가 한 손으로 내 머리를 받치고 있었다. 상욱이는 급하게 내 팔을 잡고 일으켜 주었다. 나는 자리에서 일어나자마자, 재빨리 상욱이의 손을 뿌리쳤다. 너무 황당하고 창피해서 온몸이 부들부들 떨렸다.

“너 이 새끼, 거기 안 서!”

갑자기 상욱이가 뒷문 쪽으로 달려가더니 공중으로 몸을 날렸다. 뒷문으로 달려가던 남자애가 상욱이의 발에 맞고 그 자리에 고꾸라졌다. 그제야 나는 어떻게 된 상황인지 파악이 되었다. 같은 반 남자애가 장난으로 상욱이를 뒤에서 밀었던 것이다. 상욱이한테 정신이 팔려서 그 애가 다가오는 것도 모르고 있었다니, 나 자신이 정말 바보처럼 느껴졌다. 생각 같아서는 상욱이를 밀었던 남자애를 실컷 두들겨 패 주고 싶었지만 그럴 수가 없었다. 상욱이한테 맞은 충격이 꽤 컸는지, 바닥에 쓰러진 남자애도 쉽게 일어나지를 못했다.

“이 새끼, 너 한 번만 더 그러면 죽을 줄 알아!”

상욱이가 이렇게 화를 내는 건 처음이었다. 나는 너무 무서워서 아무 말도 할 수 없었다.

“고민이라는 게 뭐야? 나 궁금해서 죽는 줄 알았어.”

학원 강의실에 들어서자마자 희영이가 달려오며 물었다. 그때까지 정신이 하나도 없었다. 하지만 희영이의 얼굴을 보자마자, 하고 싶은 말들이 분수처럼 쏟아져 나왔다.

“와, 진짜? 웬일이니…….”

희영이는 내 이야기를 들을 때마다 끊임없이 감탄사를 늘어

놓았다.

나는 이야기를 다 끝내고 마지막 고민을 털어놓았다.

"희영아, 나 혼자만의 착각일까?"

"아니, 너 좋아하는 거 맞네. 그렇지 않고서야 상욱이가 너한테 왜 그러겠어. 상욱이랑 나랑 6학년 때 짝이었잖아. 예전에 내가 혹시 좋아하는 애 있냐고 물었더니, 상욱이가 있다고 대답했어. 그때는 몰랐는데, 그게 너였나 봐. 그동안 난 감쪽같이 속고 있었어. 나한테는 좋아하는 애가 다른 반에 있다고 했거든. 그래서 한 번도 상욱이가 좋아하는 애가 너일 거라고는 생각 못 했어. 걔 완전히 왕내숭에, 진짜 엉큼이다."

희영이는 혼자 흥분해서는 온갖 이야기를 쏟아 냈다.

"네가 생각해도 나 혼자 착각하는 건 아니지?"

나는 희영이의 눈치를 살피며 다시 한번 확인했다.

"당연하지. 근데 상욱이가 고백하면 너 진짜 걔랑 사귈 거야?"

"아니, 사실 나 잘 모르겠어."

"바보야, 뭘 망설여? 그냥 사귄다고 해. 상욱이는 내가 잘 아는데, 생각보다 정말 괜찮은 애야. 너, 6학년 때 우리 반이었던 최강인 알지? 너랑 짝도 했었잖아."

최강인 이름을 듣자 저절로 목이 옴츠러들었다. 최강인이라면 6학년 때 나를 놀리며 괴롭혔던 애다. '문'을 거꾸로 하면 '곰'이 된다고, 아주 썰렁한 이유를 대며 '장곰순'이라고 놀려 댔다. 학교에서도 싸움 잘하는 걸로 유명한 애라 반항 한번 못 해 보고, 1년 내내 장문순이 아닌, 장곰순으로 지내야 했다. 그러면서 얼마나 부모님을 원망했는지 모른다. 딸의 미래를 생각해서라도 이름을 좀 예쁘게 짓지, 하필이면 촌스럽게 문순이라고 지었으니 말이다. 지금도 그 생각을 하면 억울하고 속상해서 머리에 불이 날 정도다.

"최강인이 우리 학교에서 싸움 가장 잘하잖아. 두 번째로 잘하는 애가 누군지 알아? 바로 박상욱이야. 상욱이가 싸움을 싫어해서 일진들하고 붙지는 않았지만, 남자애들 사이에서 모두 상욱이를 인정하고 있대. 그래서 최강인하고 박상욱하고 둘이 친한 거야. 최강인도 박상욱을 인정하고 있는 거지. 너 상욱이가 검도에 태권도 유단자라는 거 모르지? 그래서 걔가 그렇게 몸을 날린 거야. 어쨌든 보기보다 대단한 애야. 솔직히 나만 남친이 있어서 너한테 많이 미안했는데, 이제야 마음이 좀 편하다. 더욱이 상욱이라면 네 남친으로 대환영이야. 내 남친이랑 같이 영화도 보러 가고 놀이동산도 가자. 분명히 내 남친도 좋아할 거야. 문순아, 정말 잘됐다. 축하해."

희영이는 내가 마치 상욱이랑 정말 사귀기라도 하는 것처럼 오버를 했다. 하지만 희영이의 말이 싫지 않았다.

"하지만 나 아직 고백도 못 받았는걸."

"네가 눈치가 없어서 그런 거야. 상욱이가 고백을 할 수 있게 상황을 만들어 줘야지, 가만히 있으니까 자꾸 일이 꼬이잖아."

"그럼 어떻게 해?"

"어떻게 하긴, 내일 무조건 학교에 일찍 가. 상욱이는 늘 학교에 일찍 오잖아. 아이들이 적어야 상욱이가 고백하기 편하지. 너는 아주 얌전하게 네 자리에 앉아서 책을 읽고 있어. 참, 내일은 예쁘게 하고 가는 거 절대 잊으면 안 돼. 내가 사 준 분홍 립글로스 있지? 그거 꼭 발라. 알았지? 상욱이가 고백할 때 바로 대답하지 말고, 놀라는 척한 다음, 생각해 보겠다고 대답해. 그러고 나서 하루 정도 뒤에 좋다고 하는 거야. 너무 쉽게 승낙해 주면 남자애들은 자기가 잘나서 그런 줄 알고 콧대만 세지거든. 훈이가 사귀자고 할 때도 내가 너무 쉽게 허락해 준 것 같아. 요즘엔 내가 보낸 메시지도 씹고, 정말 웃긴다니까."

희영이는 자기가 무슨 연애 코치라도 되는 것처럼 하나부터 열까지 다 챙겨 주었다. 나와는 다르게 내가 남자친구 사귀는 걸 진심으로 기뻐해 주는 희영이한테 그동안 속 좁게 굴었던 게 미안했다.

희영이의 말이 적중했다. 다른 날보다 한 시간이나 일찍 학교에 갔는데, 상욱이가 교실에 먼저 와 있었다. 교실로 들어서자, 상욱이가 반가운 눈으로 나를 맞아 주었다. 일부러 못 본 척 상욱이의 눈길을 피했다. 그러고는 보통 때처럼 아무 일도 없다는 듯 천천히 내 자리에 가서 앉았다. 그다음 희영이가 시킨 대로 가방에서 책을 꺼내 들었다. 『어린 왕자』. 내가 가장 좋아하는 책이다. 나는 특히 여우와 어린 왕자의 대화 부분을 좋아한다. 자기가 길들인 것에는 반드시 책임을 져야 한다는 그 부분. 하지만 오늘은 어린 왕자도, 여우도, 내 마음을 사로잡지 못했다.

책장을 천천히 넘기며 빨리 상욱이가 말을 건네기만을 기다렸다. 교실에 들어서기 전에 화장실에 가서 바른 립글로스가 자꾸 미끈거려서 신경이 쓰였다. 기름을 발라 놓은 것처럼 입술이 답답했다.

"문순아, 괜찮아?"

상욱이 목소리였다. 드디어 올 게 왔다. 하지만 이럴 때일수록 당황하면 안 된다. 희영이가 가르쳐 준 대로, 나는 아주 천천히 고개를 들었다.

"뭐가?"

"어제 말이야. 어제는 정말 미안했어."

"응."

나는 짧게 대답하고는 재빨리 읽던 책으로 눈을 돌렸다. 하지만 마음속에서는 상욱이가 다음 말을 건네기만을 기다렸다.

"진작 너한테 줬으면 어제 같은 일은 없었을 텐데……."

상욱이가 주머니에서 작은 선물 상자를 꺼내더니 내 앞으로 내밀었다. 빨간 상자에 하얀 리본이 예쁘게 달려 있었다. 얘한테 이런 면도 있었나 싶어 웃음이 나왔다. 작은 선물 상자를 들고 내 앞에 서 있는 상욱이의 모습이 무척 귀여웠다.

"이게 뭐야?"

나는 태연하게 물었다.

"나 이런 거 진짜 싫어하거든. 그런데 최강인이 꼭 전해 달라고 해서……."

"그게 무슨 말이야? 최강인이 왜?"

"너 김반디랑 친하잖아. 김반디한테 이것 좀 전해 달래. 그리고 자기 이야기 좀 잘해 달라고 몇 번이고 부탁하더라. 참, 소문 안 나게 특별히 부탁한대. 너 입 무거운 거 아니까 믿는다면서……. 나도 이런 심부름 하기 진짜 싫은데, 정말 어쩔 수 없었어. 내가 아무리 설득해도 그 자식 완전히 김반디한테 푹 빠져서 헤어나질 못하더라고. 정말 미안하다. 너한테 이런 부탁이나 하고……."

순간, 뒤통수를 세게 맞은 것처럼 머리가 얼얼했다. 겨우 이런 걸 가지고 나 혼자 애를 태웠다니……. 내가 망설이고 있는 사이, 상욱이는 내 책상 위에 선물 상자를 올려놓고는 서둘러 교실 밖으로 달려 나갔다.

상실, 무안, 비참, 허무, 굴욕…….

머릿속에서는 끊임없이 지금의 상황을 설명할 수 있는 단어들이 떠올랐다. 갑자기 눈물이 쏟아졌다. 울지 않으려고 숨을 크게 들이마시고는 손등으로 입술을 문질렀다. 하얀 손등에 분홍 립글로스가 보기 싫게 번져 있었다.

'내가 왜 너한테 이딴 걸 전해 줘야 해? 유치한 사랑 놀음에 괜한 사람 끌어들이지 말고 날 좀 내버려 둬!'

반디 앞에서 똑똑히 말해 주고 싶었다. 그리고 보란 듯이 선물 상자를 쓰레기통에 던져 버리고 싶었다, 내 마음은. 하지만 최강인의 마음은 아무 탈 없이 온전히 반디한테 전해졌다.

며칠 뒤 미술 시간이었다.

"문순아, 내가 놀라운 소식 알려 줄까?"

선생님이 잠깐 교실을 비운 사이, 상욱이의 감시를 피해 반디가 속삭이듯 말했다.

"뭐?"

"너, 박상욱이 누구 좋아하는 줄 알아?"

"걔가 누구를 좋아하든 나는 관심 없어."

말로는 무심한 척했지만 반디의 입에서 무슨 말이 나올까 궁금해 귀가 솔깃했다.

"박상욱이 2년 동안 짝사랑해 온 애가 있는데, 글쎄 6반 이연우래. 쳇, 혼자 도도한 척하더니, 박상욱도 별거 아니네. 최강인이 알려 준 거니까 틀림없어."

상욱이가 좋아하는 애가 이연우라는 말에 그나마 가졌던 작은 기대가 모조리 산산조각 나고 말았다. 이연우는 초등학교 때 우리 학교 전교 부회장이었던 아다. 공부도 잘하고, 착하고, 꽤 괜찮은 애였다. 나와는 절대 비교도 안 되는.

"어쩌냐? 나는 박상욱이 너한테 잘하기에 너 좋아하고 있는 줄 알았는데……."

"됐어. 걔는 내 스타일 아니거든."

나는 애써 태연한 척 대답했다.

하필이면 그때, 앞에서 감시를 하던 상욱이가 우리 이름을 불렀다.

"장문순, 김반디 조용히 해."

"우리 조용히 말했거든. 다른 애들도 떠드는데 왜 우리한테만 난리야? 자기 이야기 한다고 너무 예민하게 구는 거 아니야? 뭐 켕기는 거라도 있나 보지?"

"김반디, 너 복도로 나가."

"알았어. 더럽고 치사해서 내 발로 걸어 나간다."

반디는 신경질을 부리며 자리에서 일어났다. 나도 조용히 반디
의 뒤를 따랐다.

"재수 없어!"

반디가 상욱이를 노려보며 말했다.

'나쁜 놈.'

나도 반디의 말에 맞장구를 쳤다. 물론, 입 밖으로 내지는 않
았지만.

복도에 나가자마자 반디는 창문으로 힐끔 교실 안쪽을 살피고
는 서둘러 주머니에서 휴대전화를 꺼냈다.

"치, 이건 몰랐을 거다. 내가 이것 때문에 일부러 나온 거야.
며칠 전에 사귄 내 남친한테 메시지 보내려고. 그런데 넌 왜 따
라 나온 거야?"

"나도 연락할 데가 있거든."

"너 그렇게 안 봤는데, 의외로 깡 있다? 휴대전화 걸리면 완전
끝장이야. 담임한테 완전히 압수당하는 거야. 알아?"

"상관없어."

희영이한테 메시지를 보내려고 주머니에서 휴대전화를 꺼내는
데, '띠릭' 메시지가 도착했다. 희영이였다.

─문순아, 나 죽고 싶어.

나는 놀라서 다시 메시지를 보냈다.

—무슨 일 있어?

—나…… 남친이랑 헤어졌어. ㅜㅜ 오늘 수업 끝나고, 너네 학교 앞으로 갈게.

나는 수업이 끝나자마자 곧바로 교문으로 달려갔다. 희영이가 고개를 푹 숙이고 교문 앞에 서 있었다. 지나가는 아이들이 자꾸 쳐다봐서, 나는 희영이를 데리고 학교 뒤쪽으로 갔다.

"어떻게 된 거야?"

희영이가 빨갛게 충혈된 눈으로 나를 올려다보았다.

"문순아, 나 훈이한테 차였어. 글쎄, 그 자식이 갑자기 나보고 헤어지자는 거 있지. 그것도 휴대전화로 아침에 메시지만 왔어."

"왜? 걔가 먼저 너보고 사귀자고 했잖아."

"그래. 그런데 자기가 생각한 거랑 너무 다르다나? 그리고 진짜 좋아하는 애가 생겼다면서 자기를 빨리 잊어 달래. 뭐, 그딴 인간이 다 있냐? 나 김훈한테 차였다고 우리 학교에 소문 쫙 퍼질 텐데 정말 죽고 싶어."

며칠 전, 둘 사이가 제발 깨져 버리길 바랐던 게 생각났다. 나 때문에 헤어진 것 같아 희영이한테 미안한 마음이 들었다.

"그런 생각 하지 마. 네 옆에는 내가 있잖아. 솔직히 너한테 말 안 한 게 있는데, 나도 오늘 박상욱한테 차였어. 아니, 나 혼자 북 치고 장구 친 거니까 차인 것도 아니지. 박상욱이 2년 동안 좋아하던 애가 바로 이연우래. 우리 학교 부회장이었던 이연우 말이야."

"정말? 어쩌면 우리한테 이렇게 똑같이 불행한 일이 생기니. 내가 말을 안 해서 그렇지, 솔직히 박상욱 남친으로는 별로야. 무뚝뚝하고, 매너도 없고. 분명히 개랑 사귀었으면 너만 답답했을 거야. 너같이 괜찮은 애를 가까이 두고 못 알아보는 개가 바보지."

"내가 뭐가 괜찮니?"

"얘 좀 봐. 네가 얼마나 괜찮은데? 마음 넓고, 생각 깊고, 착하고……. 참, 너 코 위에 있는 점도 얼마나 매력적인데. 내가 남자였으면 바로 너한테 사귀자고 했을 거야."

"솔직히 나도 김훈인가 뭔가 하는 애 정말 별로야. 얼굴도 꼭 족제비처럼 생겼잖아. 잘난 척이나 하고 말이야. 그동안 네가 얼마나 아까웠는데."

"저번에는 훈이 잘생겼다고 했잖아?"

희영이가 눈을 동그랗게 뜨고 물었다.

“그거야 네 앞이니까 그랬지. 네 남친인데 솔직히 족제비처럼 생겼다고 어떻게 말하니?”

“뭐야?”

갑자기 희영이가 웃음을 터뜨렸다. 나도 따라 웃었다. 얼마나 웃었는지 눈에서 눈물이 날 정도였다. 한참을 웃고 나니, 마음이 한결 가벼웠다.

오랜만에 희영이랑 손을 잡고 학원으로 향했다. 꼭 6학년 때로 돌아간 것만 같았다. 6학년 때는 늘 둘이 손을 잡고 학교와 집을 오갔었다.

큰길을 지나 학원 골목으로 접어드는데, 희영이의 남친이었던 김훈이 우리 학교 교복을 입은 여자애와 앞에서 걸어오고 있었다. 훈이의 손을 꼭 잡고 있는 여자애는 바로 내 짝 김반디였다.

희영이와 나는 약속이나 한 듯 걸음을 멈추었다. 서로 얼굴을 마주 보고 웃고 떠들던 훈이와 반디도 그제야 우리를 발견했는지 걸음을 멈추었다. 갑자기 희영이의 손에 힘이 들어갔다. 나는 놀라서 훈이와 희영이의 얼굴을 번갈아 쳐다보았다. 희영이는 무언가를 결심한 듯, 숨을 크게 들이마시고는 나를 향해 눈짓을 보냈다. 그리고 훈이와 반디를 향해 큰 소리로 외쳤다.

“야, 이 족제비 같은 놈아! 잘 먹고 잘 살아라.”

희영이의 갑작스러운 행동에 순간 당황했지만, 곧 나도 용기가 솟았다.

"이 바람둥이 왕싸가지야, 너 인생 그렇게 살지 마라."

희영이와 나는 얼굴을 마주 보고 한바탕 크게 웃었다.

사장이 중국으로 출장을 가고 나서야, 나는 여유로운 아침 시간을 맞이하게 되었다. 한국건설에 비서로 입사한 뒤 처음 있는 일이었다.

두 달 전, 한국건설에 지원서를 내고 합격 소식을 확인했을 때만 해도 세상의 모든 것을 다 얻은 것만 같았다. 비록 대기업은 아니지만 한국건설은 중소기업 중에서 꽤 알려진 기업이었다. 더욱이 일반 사원이 아닌 사장 비서로 발령을 받게 되었을 때는 함께 입사한 신입 사원들의 부러움과 질투를 한 몸에 받았었다. 나의 사회 진출은 화려한 스포트라이트를 받으며 아주 성공적으로 이루어지는 듯했다. 하지만 기쁨은 오래가지 못했다. 새벽같이 출근해서 하루 종일 전화받고, 온갖 잔심부름에, 찾아오는 손님을 감시하는 일이 바로 내가 해야 할 일들이었다.

창문 하나 없는 좁은 공간에 갇혀서 사장실과 접견실, 그리고 밖으로 연결된 커다란 문을 바라보고 있노라면 가슴이 점점 조여 오는 것처럼 숨이 막히고 답답했다.

손님이 찾아오면 사장실로 안내해야 할지, 접견실로 안내해야 할지, 아니면 대충 핑계를 대고 들어왔던 문으로 다시 돌려보내야 할지 재빨리 결정을 내려야 한다. 기준은 오직 상대방의 권력과 사회적 지위에 따라 결정되었다. 말이 좋아 비서지, 하는 일은 문지기 개와 크게 다를 바 없었다. 생각 같아서는 당장이라도 사표를 내고 밖으로 뛰쳐나가고 싶었지만, 회사를 그만두고 딱히 하고 싶은 일이 있는 것도 아니었다. 회사를 그만두는 순간, 방구석에 하루 종일 틀어박혀 친구들 SNS나 기웃거리는 한심한 인생이 될 게 뻔했다. 삶이란 어차피 버티고 견디어 내는 거라고 나는 나 스스로를 위로했다. 비록 문지기 개가 된다고 해도 안락한 생활만 보장된다면 말이다.

따뜻한 커피 한 잔을 마시며 습관처럼 인터넷 뉴스를 들여다보았다.

원 달러 환율 계속 오름세

주가 폭락

대기업 올해 채용 계획 없음

연예인 K씨 어제 자택에서 숨진 채 발견

인터넷에는 골치 아픈 기사 내용만 가득했다. 그때 내 시선이 저절로 한 머리기사에 멈추었다.

집단 괴롭힘 비관, 우울증에 시달리던 중3 여학생 극단적 선택 시도……

좀 더 자세히 보기 위해 마우스를 옮겼다. 그런데 그때, 뜨르르 뜨르르르 전화벨이 울리며 외선 불빛이 깜빡거렸다. 세 번 이상 벨이 울리기 전에 전화를 받는 게 비서들이 지켜야 할 수칙이다. 출장 중인 사장한테서 걸려 온 전화일지도 모른다는 생각에 나는 차분하게 숨을 고른 뒤, 수화기를 들었다.

"한국건설 비서실입니다."

"저……."

내 예상과는 다르게 수화기 너머에서는 가녀린 여자의 목소리가 들려왔다.

"네, 말씀하세요."

"……."

하지만 여자의 숨소리만 작게 들려올 뿐이었다. 그리고 조금 뒤에야 여자가 입을 열었다.

"진…… 아…… 맞지?"

“실례지만 누구세요?”

연락하고 지내는 친구도 몇 안 될뿐더러, 그나마도 용건이 있을 때에는 휴대전화를 이용하기 때문에 나를 찾는 전화가 회사로 직접 걸려 오는 경우는 극히 드물었다.

“목소리가 그대로네……. 나, 유리야.”

상대방의 이름을 듣는 순간, 혹시 잘못 들은 건 아닌지 내 귀를 의심했다.

“네? 누구시라고요?”

“모르겠어? 중학교 3학년 때, 네 짝이었던 정유리.”

다시 한번 이름을 확인하는 순간, 심장이 그대로 멈추어 버린 것 같았다.

정유리……. 차마 입 밖으로 내지 못한 소리가 입 속에서 맴돌다 사라졌다. 그동안 잊고 지내 왔던 시간들이 머릿속에서 빠르게 지나갔다.

유리는 아이들의 악다구니 속에서도 묵묵히 내 얼굴만 응시하고 있었다. 유리의 까맣고 커다란 눈망울에는 눈물이 가득 고여 있었다. 조금만 건드려도 눈물이 툭 터져 나올 것 같았다.

“진아야, 네가 말 좀 해 봐. 이년이 분명히 네 남자친구한테 꼬리 친 거 맞지?”

혜주의 질문에 아이들의 눈이 모두 나한테 쏠렸다. 나는 뭐라고 대답해야 하나 당혹스러울 뿐이었다. 이제 와서 아니라는 말을 할 수가 없었다. 내가 저지른 잘못을 다시 되돌리기에는 너무 늦었다는 생각밖에 들지 않았다.

"뭐라고 빨리 말 좀 해 봐! 이년이 네 남자친구한테 꼬리 친 거 아니야?"

혜주가 다시 소리쳤다.

눈앞이 깜깜하고 다리가 휘청거렸다. 귓속에서는 계속해서 윙 하는 쇳소리가 났다. 빨리 이 상황에서 도망치고 싶다는 생각밖에 떠오르지 않았다. 하지만 아이들이 주위를 에워싸고 있었기 때문에 도망갈 수도 없었다. 나를 바라보고 있는 유리의 눈길을 피해 조용히 고개를 끄덕였다. 순간, 유리의 눈에서 눈물이 후드득 떨어져 두 뺨을 타고 흘렀다.

"그럴 줄 알았다니까. 완전 미친년 아니야?"

아이들 중 한 명이 유리의 머리채를 잡아끌었다. 옆에서 구경하던 다른 아이들도 유리한테 달려들어 머리와 옷을 마구 쥐어뜯었다. 유리는 허수아비처럼 아이들이 잡아끄는 대로 힘없이 끌려다녔다.

"아악……."

아이들 손에 이리저리 끌려다니던 유리가 갑자기 비명을 질렀다. 나는 귀를 닫고 어디론가 숨고 싶은 심정이었다.

"으아아아아아악……."

유리는 자신한테 달려드는 아이들을 밀쳐 내며 미친 사람처럼 마구 소리를 질렀다. 덫에 걸린 날짐승이 살기 위해 몸부림치는 것처럼 처절했다. 아이들은 놀라서 모두 뒤로 한 발짝씩 물러섰다. 그때였다. 유리가 열려 있던 창문으로 달려가 창밖으로 몸을 던졌다.

8년 전 그날의 사건이 마치 눈앞에 펼쳐지는 것처럼 선명하게 떠올랐다. 유리가 뛰어내린 창가로 아이들이 소리 지르며 달려가는 모습. 아래를 내려다보던 아이들의 비명 소리. 창밖에서 불어오는 바람 때문에 미친 듯이 펄럭거리던 하늘색 커튼. 5월의 바람이 그토록 차갑고 냉랭하게 느껴졌던 것은 그날이 처음이었다. 그날 불었던 바람이 아직까지도 코끝에 맴도는 듯, 갑자기 비릿한 냄새가 느껴졌다.

"내 연락처는 어떻게 알았어?"

나는 이미 식어 버린 커피를 한 모금 들이켜며 애써 태연한 척 물었다.

"그냥 우연히 알게 됐어."

"나한테 무슨 할 말이라도 있는 거야?"

“아니, 그런 건 아니고…… 너한테 묻고 싶은 게 있어서.”

나는 들고 있던 커피 잔을 급하게 내려놓았다. 너무 서두르는 바람에 커피 잔이 기울어져서 커피가 책상 위로 흘렀다. 하지만 닦아 낼 여유가 없었다. 나는 수화기를 잡고 있던 오른손에 힘을 더 꽉 주었다.

“묻고 싶은 거라니?”

“그날 말이야…… 나한테 왜 그랬어?”

“그날이라니? 글쎄, 나는 네가 무슨 말을 하고 있는지 모르겠는데…… 오래전 일이라 생각도 안 나고…….”

“그래…… 오래전이지. 지금이라도 진실을 듣고 싶어. 네가 나한테 왜 그랬는지. 넌 나한테 가장 소중한 친구였는데…….”

유리의 목소리가 가볍게 떨렸다. 그리고 조금 뒤에 다시 말을 이었다.

“이미 지난 일인데 내가 괜한 걸 물었나 보다. 넌 기억도 안 나는데 말이야. 네 목소리가 듣고 싶었어. 네 목소리 들었으니까 이제 됐어. 그럼 잘 지내.”

전화기 너머에서 곧바로 뚜— 신호음이 들려왔다. 하지만 나는 수화기를 내려놓지 못하고 한참 동안 그대로 들고 있었다.

가장 소중한 친구……. 나는 되새김질하듯 유리가 했던 말을 다시 떠올렸다. 그리움이…… 슬픔이…… 아픔이…… 회오리가 되어 내 가슴속에 거칠게 소용돌이쳤다. 나한테 있어서 유리도 그런 존재였다. 가장 소중하다고 말할 수 있는 친구. 지금은 지난 시간 속에 빛바랜 사진처럼 남아 있는 기억이지만……. 유리를 처음 만났던 날이 떠올랐다.

중학교 3학년 첫날, 배정받은 4반 교실로 들어가려고 할 때 복도에 여자애가 서 있었다. 유리창으로 들어오는 햇살이 어두운 복도에 오뚝 서 있는 여자애의 얼굴을 환하게 비춰 주었다. 조금은 창백해 보이는 피부에 반짝반짝 윤기 도는 긴 생머리, 짙은 눈썹에 커다란 눈망울의 여자애는 마치 오래전부터 알고 지내던 사이라도 되는 것처럼 하얀 이를 드러내며 나를 보고 활짝 웃었다.
"내 이름은 정유리야. 아는 애 없으면 우리 같이 앉을래?"
유리의 웃음은 봄 햇살처럼 따스하고 눈부셨다.
강남에 있는 어느 학교에서 전학 왔다는 유리는 화장하는 스타일이나 말씨에도 세련됨이 묻어 있었다.
남자아이들이 힐끔거리며 유리를 보는 눈빛이 느껴졌다. 유리는 남학생들의 관심을 독차지하게 되면서, 그와는 반대로 여학생들 사이에서는 시샘과 미움의 대상이 되었다.
나는 유리와 짝이 된 뒤, 마치 쌍둥이라도 되는 것처럼 모든 걸 함께했다. 나란히 앉아 급식을 먹으며 이야기꽃을 피웠고, 학교가 끝나면 팔짱을 끼고 서로의 집을 오갔다. 유리네 집은 우리 집과 반대 방향이라 어떤 날은 내가 유리네 집까지 바래다주었고, 어떤 날은 유리가 나를 바래다주었다. 재미있는 이야기를 하는 도중에 유리네 집에 도착한 적이 있었는데, 헤어지는 게 아쉬워서 다시 왔던 길을 되돌아 유리가 나를 바래다준 적도 있었다. 말수가 적고 다른 사람한테 쉽게 마음을 열지 못하는 나와는 다르게 유리는 활발하고 붙임성이 많은 아이였다. 나는 그런 유리가 좋았다. 허풍이 심하고, 거짓말을 잘한다는 소문이 나돌고 있었지만, 모두 유리를 시샘하는 아이들이 낸 소문일 거라고 생각했다. 만약 모든 게 다 사실이라고 해도 별 상관이 없었다. 그 정도의 허물쯤이야 다 덮어 주고도 남을 만큼 유리를 향한 내 마음은 특별했다. 나한테 그 일이 일어나기 전까지는 말이다.

갑자기 유리가 왜 전화를 했을까? 한참 동안 유리에 대한 기억을 떠올리다가 예전에 유리와 같은 빌라에 살았던 민희가 생각났다. 민희라면 유리에 대한 소식을 알 수 있을 것 같았다. 나는 휴대전화를 꺼내 민희의 전화번호를 찾아냈다. 그리고 급하게 통화 버튼을 눌렀다.

"어머, 진아 네가 웬일이니?"

"민희야, 너 유리 알지? 중학교 때 우리 학교 다니다가 전학 간

유리 말이야."

"뜬금없이 무슨 소리야?"

"유리한테 전화가 왔어."

"뭐? 걔가 왜?"

"나도 잘 모르겠어."

"야, 무섭다. 자기 왕따당했던 거 복수라도 하려는 거 아니야? 그런데 왜 하필 너한테 연락한 거야? 그날 일은 혜주 패거리가 계획한 거잖아. 솔직히 우리도 피 본 거는 마찬가지지. 걔 때문에 우리 반 애들 번갈아 가며 학생부실에 끌려가서 심문당하고, 한 달 내내 반성문 쓴 거 생각하면 아주 끔찍하다. 솔직히 너하고 나는 좀 억울하지. 우리는 구경밖에 더 했냐고. 유리가 갑자기 교실 창문으로 뛰어내릴지 어떻게 알았겠어? 정작 유리 왕따시켰던 혜주는 미국으로 도망치듯 유학 가고, 우리가 다 뒤집어썼잖아. 혜주, 미국 명문대 나와서 지금 그렇게 잘나간다며? 세상은 정말 불공평하다니까. 혜주 보면 그런 생각 들어."

어린 시절 혜주와 한동네에 살면서 유치원과 초등학교, 중학교를 함께 다녔기 때문에 나는 누구보다 혜주에 대해 잘 알고 있었다. 어린 시절부터 영재 소리를 들었던 혜주는 늘 선생님들한테 특별한 관심과 사랑을 받았다. 혜주네 엄마는 똑똑한 혜주한테 지나칠 정도로 큰 기대를 갖고 있었는데, 시간이 지날수록 점점 무서운 집착으로 변해 갔다. 유치원 때부터 학원을 많이 다녔던 혜주는 스트레스 때문에 탈모가 온 적도 있었고, 초등학교에 입학하고 나서는 엄마의 감시를 받으며 새벽 두 시까지 공부를 해야 했다. 혜주는 중학교에 올라와서 줄곧 전교 1등을 도맡아 했다. 그런데 한번은 전교 10등 밖으로 등수가 밀려난 적이 있었다. 혜주네 엄마는 혈서를 써서 혜주한테 보냈고, 그 뒤로 혜주는 전교 1등 자리를 절대로 놓치지 않았다. 엄마의 영향 때문인지, 혜주는 남한테 지기 싫어하고 갖고 싶은 건 무슨 일이 있어도 자기 것으로 만들었다. 친구를 사귈 때도 그랬는데, 혜주는 자신의 존재를 더 빛나게 해 줄 만한 아이들만 골라서 자기 패거리로 받아들였다.

그런 혜주가 남자애들한테 인기 많은 유리를 그냥 놔둘 리 없었다. 나도 그걸 잘 알고 있었다. 그래서 나름대로 혜주로부터 유리를 지키기 위해 노력했다.

내가 점심시간에 선생님 심부름으로 자리를 비운 사이, 혜주는 기다렸다는 듯 유리한테 접근했다. 심부름을 마치고 교실로 돌아왔을 때는 혜주가 유리 곁으로 다가가 무언가 이야기를 나누고 있었다.

"알았어. 토요일에 꼭 갈게."

잠시 뒤 유리가 밝게 웃으며 대답했다. 혜주가 자기 자리로 돌아간 다음, 나는 조심스럽게 유리 곁으로 다가갔다.

"너 혜주랑 무슨 이야기 나눈 거야?"

나는 따지듯 물었다.

"너 뭐야, 나만 내버려 두고 어디 갔었어?"

"미안, 선생님 심부름 갔다 오는 길이야. 그런데 혜주가 와서 뭐라고 했어?"

"응, 남연중학교 애들이랑 우리 반 애들 몇 명이서 같이 만나는 거 어떠냐고. 혜주가 우리 학교에서 가장 예쁜 애 데려간다고 큰소리쳤나 봐. 나한테 꼭 좀 같이 나가 달라고 부탁하더라."

"너 혜주랑 친하지도 않잖아. 그런데 왜 네가 거기에 따라 나가?"

"너 내가 혜주하고 더 친해질까 봐 질투하는 거야? 혜주, 공부도 잘하고 놀기도 잘하고 성격도 시원시원하잖아. 솔직히 전학 온 지 얼마 안 돼서 너 말고는 친하게 지내는 애들이 없잖아. 물론 널 가장 좋아하지만 혜주처럼 인기 많은 애랑 친해져서 다른 애들하고도 가깝게 지내고 싶어."

"거기 가지 마."

"너 왜 그래? 이미 간다고 약속했는데, 이제 와서 어떻게 안 나간다고 하니?"

“그래도 가지 마.”

“너 진짜 웃긴다. 네가 뭔데 나한테 이래라저래라야? 혜주가 그러는데 네가 일부러 다른 애들이 나랑 친해지려고 하는 거 막는다고 하던데? 우리 둘이 사귀는 거 아니냐고 하더라. 아무리 농담이라도 난 다른 애들한테 그런 소리 듣는 거 싫어. 그러니까 너도 내가 누구를 만나든 참견하지 않았으면 좋겠어.”

유리의 저항이 예상보다 컸기 때문에 나도 더 이상 말릴 수 없었다.

유리는 약속대로 혜주가 주선하는 자리에 나갔고, 함께 나갔던 혜주 패거리 아이들과 자연스럽게 어울려 다녔다. 마치 자신을 빛내 줄 액세서리라도 되는 것처럼 혜주는 그 뒤로도 남자애들을 만날 때마다 유리를 데리고 다녔다.

내가 잠깐 예전 일을 떠올리고 있는 사이, 민희는 내가 듣든 말든 계속해서 혼자 이야기했다.

“그리고 말이 나왔으니 하는 말인데, 유리가 네 남자친구였던 승준이까지 빼앗아 간 건 사실이잖아. 어떻게 너한테 그럴 수가 있어? 지난번 동창회 때 승준이 만났는데, 걘 여전히 멋지더라. 군대에서 잠깐 휴가 나왔다가 동창회 한다는 연락받고 나왔대.”

“승준이?”

‘승준’이라는 이름이 너무 낯설게 느껴졌다.

“그래. 네가 승준이 이야기 꺼내는 거 싫어할 것 같아서 말 안 하려고 했는데, 나 보자마자 네 소식부터 묻더라. 그래도 아직 너한테 미련이 남아 있나 봐. 너도 생각 있으면 나한테 말해. 솔직히 유리가 끼어들지만 않았어도 너희 둘이 그렇게 허무하게 끝나지는 않았을 거 아니야?”

내 처음이자 마지막 남자친구였던 승준. 나는 승준이와 같은 초등학교를 졸업했다. 부모님들끼리 친하게 지내면서, 초등학교 졸업 뒤에도 나는 승준이와 자연스레 가깝게 지냈다. 열여섯 살 화이트데이 때 승준이는 인형과 사탕을 선물하며 자기 마음을 고백했다. 나 또한 그때까지 진심으로 승준이를 좋아하고 있다고 생각했다. 그래서 승준이가 사귀자고 할 때, 고민할 것도 없이 곧바로 승낙했다. 하지만 막상 승준이와 사귀게 되면서 좋은 감정보다 부담이 점점 커져 갔다. 수줍음이 많았던 승준이는 시간이 지날수록 조금씩 변했다. 갑자기 손을 잡으려고 하거나, 장난치는 척하면서 나를 안으려고 했다.

승준이의 손길이 몸에 닿을 때마다 기분이 나빠지고 온몸에 소름이 돋았다. 그래서 일부러 승준이와 만나는 자리에 유리를 데리고 나갔다. 나쁜 소문 때문에 유리를 경계하던 승준이도 시간이 지나면서 자연스럽게 친해졌다. 우리 셋은 팔짱을 끼고 영화도 보러 가고, 노래방이나 놀이공원도 함께 다녔다. 하지만 즐거운 시간은 오래가지 못했다.

"너한테 정말 미안한데…… 나, 좋아하는 사람이 생겼어."

늦은 저녁, 우리 집 앞에서 기다리고 있던 승준이는 죄인처럼 고개를 들지 못했다.

"나 정말 나쁜 놈이야. 미안하다."

승준이가 왜 눈물까지 글썽이며 그토록 미안해했는지, 그때는 이유를 알 수 없었다. 그리고 승준이가 좋아하는 사람이 바로 유리였다는 걸, 며칠 뒤에야 알게 되었다. 그것도 다른 사람이 아닌 유리의 입을 통해서였다.

"승준이가 어제 날 찾아와서 이상한 말을 했어. 날 좋아한다고……. 걔 아무래도 제정신이 아닌 것 같아. 그렇지 않고서야 어떻게 너하고 나한테 이럴 수가 있어? 승준이는 네 남자친구였을 뿐 나한테 아무것도 아니야. 나, 이제 다시는 승준이 얼굴 안 볼 거야. 진아야, 이 일로 너랑 나 사이에 문제가 생기지 않았으면 좋겠어. 나 솔직히 남자한테 관심 없어. 나한테는 오직 너 한 사람뿐이야. 너도 내 마음 알지? 하지만 상황이 이렇게 되어 버려서 너한테 정말 미안하다."

유리는 진심 어린 눈빛으로 말했다.

나는 승준이를 좋아했지만 친구 이상의 감정은 아니었다고, 그러니 굳이 미안해할 필요 없다고 말하고 싶었지만, 끝내 아무 말도 하지 않았다. 승준이의 일로 오히려 유리의 진심을 확인할 수 있었고, 유리와 더욱 긴밀한 사이를 유지할 수 있는 기회가 될 거라는 생각에서였다. 좋은 친구였던 승준이를 영원히 잃게 된다고 하더라도 유리만 곁에 있어 준다면 말이다. 하지만 내 바람은 이루어지지 않았다.

유리는 그 이후로 남연중학교에 다니는 고영민 이야기만 했다.

"너, 남연중학교 고영민 알아? 얼굴도 잘생기고 춤도 잘 춰서 걔네 학교에서는 꽤 유명하대. 연예 기획사에서도 눈독을 들일 정도래. 지난번에 만났는데, 걔 좀 괜찮더라. 내가 나온다는 이야기 듣고 일부러 나왔대. 자기랑 사귀자고 하더라."

"그래서 넌 뭐라고 했는데?"

나는 애써 태연한 척 물었다.

"뭐라고 하긴, 싫다고 했지. 그날 혜주가 먼저 걔 찍었거든. 자기가 찍었으니까 딴마음 먹지 말라고 했어. 영민이는 혜주한테 전혀 관심 없던 것 같은데……."

하지만 그날 이후 유리는 혜주 몰래 영민이를 만났다. 그리고 영민이와의 사이에서 있었던 은밀한 이야기를 모두 나한테 털어놓았다. 어두운 골목에서 첫 키스를 하던 날, 영민이의 입술이 자신의 입술에 닿았을 때의 느낌까지도 유리는 빼놓지 않고 자세히 설명해 주었다. 나는 아무렇지 않은 것처럼 조용히 유리의 이야기를 들었다. 하지만 유리의 이야기를 들은 날은 잠을 이룰 수가 없었다. 가슴 한편이 칼로 베인 것처럼 아팠다. 그리고 시간이 지날수록 그 감정이 단순한 질투가 아니었음을 조금씩 깨닫게 되었다. 그런 내 자신이 너무 끔찍하고 무서웠다. 그리고 다른 한편으로는 고통 속에 하루하루를 보내고 있는 나와는 다르게 너무도 행복해하는 유리의 모습을 보는 게 더 고통스러웠다.

"너 지금 내 말 듣고 있는 거야?"

잠깐 예전 일을 떠올리는 사이, 대답이 없는 걸 이상하게 생각한 민희가 전화기에 대고 소리쳤다.

"어, 듣고 있어."

나는 겨우 정신을 차리고 대답했다.

"너, 유리 조심해. 그날 사고로 다리만 부러진 게 아니라 머리도 어떻게 되었나 봐. 유리, 다른 학교로 전학 가고 나서도 적응 못 하고 휴학했었대. 예전에 유리네 새엄마가 우리 엄마 미용실에 한번 다녀간 적 있는데, 그때 들은 이야기야. 아직 예전 집에 살고 있나 봐. 유리, 그 뒤로 정신병원에도 여러 번 입원했다고 하더라. 계속 우울증에 시달렸나 봐. 그 뒤 소식은 모르겠어."

나는 가슴속 깊이 아려 오는 고통 때문에 두 눈을 질끈 감았
다. 장난을 치며 깔깔거리고 웃던 유리의 해맑은 웃음소리가 귓
가에 맴도는 듯했다. 그동안 유리한테 그렇게 많은 일들이 있었
다니⋯⋯. 이제껏 나는 유리에 대해 아무것도 알려고 하지 않았
다. 아니, 알고 싶지 않았다는 표현이 더 정확할 것이다.

"그랬구나⋯⋯. 어쨌든 자세히 알려 줘서 고마워. 민희야, 내
가 다시 연락할게."

나는 서둘러 전화를 끊었다.

지지지직.

갑자기 형광등 불빛이 요란한 소리를 내며 깜빡거렸다. 나는
너무 놀라서 천장을 올려다보았다. 조금 뒤에 형광등 불빛이 완
전히 꺼졌다. 그와 동시에 컴퓨터 모니터도 꺼졌고, 전화기도 먹
통이 되었다. 그리고 한 줄기 빛도 없는 어둠 속에 갇혀 버렸다.

정전인가? 내 숨소리 말고는 아무런 소리도 들리지 않았고, 아
무것도 보이지 않았다. 세상이 텅 빈 느낌. 네모난 상자 안에 갇
혀 있는 내 모습이 떠올랐다. 그대로 있다가는 상자가 조금씩 조
여 올 것 같았다.

나는 두 손을 뻗어 벽을 더듬거렸다. 그때였다. 어둠 속에서 가
녀린 여자의 목소리가 들려왔다.

"어서 들어와."

곧이어 웃음소리도 들려왔다. 처음에는 밖으로 통하는 문 쪽에서 들려오는 소리일 거라고 생각했다. 밖으로 통하는 문은 바로 정면 쪽이다. 하지만 소리는 정면이 아닌 오른쪽에서 들려왔다.

"뭐 해? 빨리 들어오라니까."

나는 너무 놀라서 주위를 살폈다. 오른쪽 접견실로 통하는 문 틈에서 밝은 빛이 새어 나오고 있었다. 놀랍게도 소리는 문 안쪽에서 들려오고 있었다. 나는 조심스럽게 소리가 나는 접견실로 걸어갔다. 그리고 천천히 둥근 문고리를 돌렸다.

문이 열리는 순간, 내 두 눈으로 눈부시게 밝은 빛이 쏟아져 들어왔다. 커다란 불덩이가 얼굴에 닿는 것처럼 뜨거웠다. 나는 고통스러운 신음 소리를 내뱉으며 두 손으로 얼굴을 감쌌다. 그러자 뜨거운 열기는 거짓말처럼 사라졌다.

"거기에 서 있지 말고 빨리 들어와."

가녀린 목소리가 내 귓속으로 부드럽게 스며들었다. 나는 얼굴을 감싸고 있던 두 손을 조심스럽게 내렸다. 어느새 눈부신 빛은 사라지고, 내 눈에는 낯익은 소녀의 얼굴이 천천히 들어왔다. 어서 들어오라는 손짓을 하며 밝게 웃고 있는 소녀는 다름 아닌 유리였다. 혹시 내가 헛것을 본 게 아닌가 싶어 두 눈을 비볐다. 하지만 유리가 분명했다.

"네가 여기에 왜 있어?"

나는 놀라서 물었다.

"무슨 말 하는 거야? 여기는 우리 집인데, 여기에 왜 있냐니?"

유리가 까르륵 웃음을 터뜨렸다. 나는 주위를 살펴보았다. 노란 장판이 깔린 거실에는 낮은 탁자가 하나 놓여 있었다. 정면에는 문이 활짝 열린 작은 방 하나, 그 안에 유리가 있었다. 유리는 보라색 이불이 깔려 있는 침대 위에 다소곳이 앉아 긴 머리를 쓸어내리고 있었다. 집 안 풍경이 낯설지 않았다. 8년 전, 유리가 살던 연립주택 반지하 집이었다. 그러고 보니 유리의 모습도 8년 전 중학생 때 모습 그대로였다.

"계속 거기 서 있을 거야?"

유리는 자리에서 일어나 내 앞으로 성큼성큼 걸어왔다. 그러고는 장난스럽게 내 팔을 잡아끌었다. 싫다고 말하고 싶었지만 입이 떨어지지가 않았다. 나는 아무 말도 못 하고 유리가 이끄는 대로 유리네 집 현관에 발을 내디뎠다. 뒤를 돌아보니, 근무하고 있던 사무실은 사라지고, 대신 어두컴컴한 복도만 덩그러니 있을 뿐이었다. 어떻게 이런 일들이 일어날 수 있는 건지, 모든 게 혼란스러웠다.

"이 집으로 이사 오고 나서, 우리 집에 친구를 데려온 건 네가 처음이야. 너무 창피해서 그동안 아무도 안 데려왔어. 나 여기로 이사 오기 전에는 강남에 있는 큰 아파트에 살았어. 아빠 회사가 부도나서 여기로 이사 오게 된 거야. 처음에 이 집에 이사 왔을 때는 어떻게 이런 데서 사나 싶을 정도로 너무 후져서 충격이었어. 그런데 살다 보니까 조금씩 익숙해지더라. 하지만 우리 아빠 사업이 잘 풀리면 다시 강남으로 이사 갈 거야. 아빠가 그러는데 그때까지만 꾹 참고 여기서 살래.”

유리는 내 팔을 잡아끌고는 닫혀 있는 문 앞으로 데려갔다. 순간, 예전의 기억이 떠올랐다. 유리네 집에 자주 드나들었지만 안방 문은 늘 잠겨 있어서 한 번도 안에 들어가 본 적은 없었다. 그런데 유리가 손잡이를 돌리자, 부드럽게 방문이 열렸다. 앤티크 풍의 고급스러운 화장대와 옷장, 침대가 차례로 눈에 들어왔다. 침대에는 레이스가 요란하게 달린 하얀 시트가 깔려 있었다. 반지하 집이라 창밖으로 시멘트 바닥이 보였는데, 그것만 아니라면 부잣집 안방을 그대로 옮겨 놓은 것 같았다. 거실과 유리의 방 분위기와는 사뭇 다른 느낌이었다.

유리는 방긋 웃으며 잡고 있던 내 팔을 놔주었다.

“내가 예쁘게 화장해 줄 테니까 여기에 좀 앉아 봐.”

나는 유리가 시키는 대로 화장대 앞에 있는 의자에 앉았다. 그리고 고개를 돌려 화장대 거울 속에 비친 내 얼굴을 보았다. 짧은 커트머리에 화장기 없는 무표정한 얼굴이 나를 바라보고 있었다.

유리는 조금 뒤에 의자 하나를 들고 와서는 내 옆에 바짝 붙어 앉았다.

"덥지도 않은데, 무슨 땀을 이렇게 많이 흘려?"

유리가 화장대 위에 있는 티슈를 뽑아 내 이마를 닦아 주려고 했다.

"아니야, 됐어. 내가 할게."

나는 유리의 손에서 티슈를 빼앗아 서둘러 이마를 닦았다. 티슈가 금세 눅눅해졌다.

"너 화장 잘 안 하던데, 내가 해 줄까? 그대로 잠깐만 있어 봐. 나, 나중에 배우가 될 거야. 우리 아빠가 사업 잘되면 미국으로 유학 보내 준다고 약속했어. 미국에 있는 대학에서 연극영화를 공부하고, 꾸준히 오디션도 볼 거야. 그래서 영어 공부도 열심히 하고 있는걸. 내 최종 목표가 할리우드로 진출해서 세계적인 배우가 되는 거야. 내가 진짜 유명해지면 널 꼭 미국으로 초청할게. 너, 혹시 오드리 헵번 알아? 우리 아빠가 그러는데 내가 웃을 때 오드리 헵번 닮았대. 아빠가 〈로마의 휴일〉과 〈티파니에서 아침을〉이란 영화를 보여 줬거든. 나 그 영화 보고 오드리 헵번한테 완전히 반해 버렸잖아. 오드리 헵번은 일생을 아프리카에서 아이들을 돌보며 살았대. 정말 멋있지 않니? 젊었을 때는 세계적인 배우로 많은 사랑을 받고, 나이가 든 뒤에는 자신이 받은 사랑을 모두 어려운 아이들을 위해 나누어 줬잖아. 오드리 헵번은 젊었을 때도 아름다웠지만, 나이 들어서 더 아름다웠던 것 같아. 나도 나중에 유명한 배우가 돼서 오드리 헵번처럼 살 거야. 그러려면 지금부터 화장 연습도 열심히 해야 하잖아. 요즘은 몽환적이고 신비로운 느낌이 유행이야. 오늘은 네가 모델이 좀 되어 줘야겠다."

유리는 부드러운 솜에 화장수를 묻혀서 내 얼굴을 조심스럽게 닦아 주었다.

"너 머리 좀 길러 봐. 얼핏 보면 너 완전 남자애 같아. 좀 꾸미면 더 예쁠 텐데. 그런데도 승준이가 너 좋다고 죽어라고 쫓아다니는 게 참 신기하단 말이야……."

유리는 내 얼굴에 화장을 해 주며 계속해서 떠들어 댔다. 나는 유리가 하는 대로 얼굴을 맡긴 채 가만히 있었다. 유리의 가느다란 손가락이 얼굴에 닿을 때마다 간지러웠지만 그 느낌이 싫지 않았다. 마음이 편안해지면서 저절로 눈이 감겼다.

"그동안 잘 몰랐는데, 너 하나하나 뜯어보니까 눈, 코, 입이 다 예쁘다. 입술도 도톰하고……."

유리의 손가락이 내 입술에 닿았다. 너무 차가웠다. 나도 모르게 눈이 번쩍 뜨였다. 유리가 당황한 듯 내 입술에 대고 있던 손가락을 뗐다.

"깜짝 놀랐잖아. 갑자기 눈을 뜨면 어떻게 해? 눈 감고 조금만 기다려 봐. 섀도랑 립스틱만 바르면 돼."

내가 다시 눈을 감자, 유리는 정성스럽게 눈 화장을 해 주었다. 그리고 마지막으로 형광기가 도는 붉은 립스틱을 발라 주었다.

"다 됐어. 너도 한번 봐 봐. 정말 예쁘다."

유리는 화장대 위에 있던 작은 손거울로 내 얼굴을 비춰 주었다. 나는 평소에 한 듯 안 한 듯 옅은 피부 화장에 립글로스만 바르고 다니기 때문에, 유리가 해 준 화려한 화장이 조금은 어색하게 느껴졌다.

중학생인 나, 그리고 비서로 일하는 나, 그 어느 모습이 현실의 나이고, 어느 모습이 상상 속의 나일까? 어쩌면 지금 거울 속에 있는 모습이 현실의 모습일지도 모른다는 생각이 들었다. 아주 오랫동안 꿈을 꾸었고, 이제야 정말 내가 있어야 할 자리로 돌아온 것만 같았다.

"왜, 마음에 안 들어? 내 눈에는 예쁜데……. 네가 아직 익숙하지 않아서 그럴 거야. 화장도 자주 해 봐야 익숙해지거든."

유리는 내 입술에 발라 주었던 붉은색 립스틱을 자신의 입술에도 발랐다.

“어때? 섹시하지? 잠깐만 기다려 봐. 기왕에 화장도 한 거 우리 엄마 옷도 입어 보자.”

유리는 화장대 옆에 있는 장롱 문을 열었다. 그리고 장롱 안에서 하얀색 원피스를 꺼내 들었다.

“너한테는 이 옷이 잘 어울리겠다. 빨리 입어 봐.”

“어……”

대답은 했지만 유리가 건넨 하얀색 원피스를 그대로 들고 서 있었다. 선뜻 입고 싶은 생각은 들지 않았다. 유리는 장롱에서 검은색 원피스를 꺼내 의자 위에 걸쳐 놓고는 입고 있던 분홍 티셔츠와 청바지를 벗었다. 봉긋하게 부풀어 오른 가슴과 엉덩이의 부드러운 곡선이 눈에 띄었다. 브래지어와 팬티만 입은 유리의 몸이 형광등 불빛 아래에서 투명하게 빛났다. 나는 유리와 눈길이 마주치자 흠칫 놀라 서둘러 고개를 돌렸다. 그 모습을 본 유리가 웃음을 터뜨렸다.

“같은 여자끼리 뭘 그렇게 쑥스러워하니?”

유리는 립스틱을 묻히지 않으려는 듯, 조심조심 검은색 원피스를 입었다. 조금 컸지만 검은색 원피스는 유리의 하얀 피부에 잘 어울렸다.

“잠깐만.”

유리는 화장대 서랍을 열고는 보석함을 꺼냈다. 보석함을 열자 안에는 진주 목걸이가 들어 있었다.

"우리 아빠가 사 준 거야, 예쁘지?"

유리는 진주 목걸이를 꺼내 나한테 건넸다.

"나 이것 좀 해 줄래?"

유리는 어깨에 흘러내린 머리카락을 말아 올려 검은 핀으로 고정한 뒤, 등을 보이며 돌아앉았다. 어깨를 뒤덮고 있던 검은 머리카락이 사라지자, 유리의 하얀 목선이 드러났다. 하얀 목선 위로 머리카락 몇 가닥이 흘러내렸다. 순간, 가슴이 가볍게 떨렸다. 나도 모르게 유리의 어깨에 살며시 손을 댔다.

"뭐 해? 빨리 해 줘!"

유리가 고개를 돌려 나를 바라보았다. 나는 재빨리 어깨에 대고 있던 손을 뗐다. 그러고는 유리의 목에 조심스럽게 진주 목걸이를 걸어 주었다.

"어때? 〈티파니에서 아침을〉에 나오는 오드리 헵번 같아?"

유리가 나를 돌아보며 방긋 웃었다. 나는 말없이 고개를 끄덕였다.

쾅쾅쾅.

갑자기 밖에서 문 두드리는 소리가 났다. 나는 화들짝 놀라 의자에서 벌떡 일어났다.

"괜찮아, 내 동생이야. 내 동생 유치원에 갔다 돌아올 시간이

거든. 쟤는 성질이 급해서 만날 저렇게 문을 발로 차고 난리야.”

쾅쾅쾅.

또다시 문 두드리는 소리와 함께, “언니, 빨리 문 열어!” 하는 여자애의 목소리가 들려왔다.

“거봐, 내 말이 맞지?”

유리는 한쪽 눈을 찡긋거리고는 서둘러 현관으로 달려 나갔다. 문이 열리자마자, 빨간색 유치원 가방을 멘 여자애가 쪼르르 달려와 유리의 품에 가볍게 안겼다. 유리 동생 영현이였다.

“안녕!”

나는 반갑게 인사를 건넸다. 영현이는 슬쩍 내 얼굴을 올려다보며 작게 미소를 지어 보이고는 수줍은 듯 유리의 가슴에 얼굴을 묻었다.

“언니가 유치원 갔다 오면 깨끗하게 씻어야 한다고 했지?”

유리는 마치 엄마처럼 동생 영현이를 끌어안고 욕실로 향했다. 그러더니 영현이의 목에 수건을 두르고, 늘 해 오던 일인 것처럼 비누로 거품을 내어 얼굴과 손발을 깨끗하게 씻겨 주었다.

“다 끝났어.”

유리가 간지럼을 태우자, 영현이는 까르륵 웃음을 터뜨리며 방으로 도망갔다. 유리는 욕실을 정리하고 나서 거울을 들여다보았다.

"내가 미쳤나 봐. 엄마가 가장 아끼는 원피스를 입고 지금 내가
뭘 하는 거야? 옷이 다 젖었잖아."

유리는 허둥거리며 안방으로 달려갔다.

그런데 그때였다.

"왜 문을 열어 놓은 거야?"

진한 화장 때문에 조금은 사나워 보이는 아주머니가 현관으로
들어섰다. 유리네 새엄마였다.

"아, 안녕하세요?"

나도 모르게 말을 더듬었다. 아주머니는 대답 대신 차가운 눈
빛으로 내 얼굴을 힐끔 보았을 뿐이다. 그 순간, 안방에서 구슬
이 쏟아져 구르는 소리가 났다.

"엄마야, 어떡해."

뒤이어 유리의 목소리가 크게 들렸다. 아주머니는 그 소리를
듣고 곧바로 안방으로 달려갔다. 나도 아주머니의 뒤를 따랐다.
방바닥에는 수십 개의 진주알이 흩어져 구르고 있었고, 당황한
유리가 놀란 얼굴로 진주알을 줍고 있었다.

"너 미쳤어? 지금 이게 뭐 하는 짓이야?"

아주머니가 무섭게 소리쳤다. 유리가 놀라서 조금 전에 주웠던
진주알을 모두 바닥에 떨어뜨렸다. 타다다다닥 하얀 진주알이 방
바닥에 떨어져 굴렀다.

“잘못했어요. 그냥 예뻐서 해 봤는데…….”

유리의 얼굴은 하얗게 질려 있었다.

“닥쳐.”

찰싹, 소리와 함께 유리의 한쪽 뺨에 커다란 손자국이 났다. 아주머니는 그것만으로는 성이 안 찼는지, 유리를 더 사납게 노려보며 거칠게 숨을 몰아쉬었다.

“내 물건에 손대지 말라고 했지? 한 번만 더 이 방에 들어왔다가는 가만히 안 둘 줄 알아. 너도 네 아빠 따라서 아예 이 집에서 나가 버리든지!”

유리의 두 눈에 눈물이 가득 고였다. 유리는 손으로 얼굴을 가리고 밖으로 달려 나갔다.

“유리야!”

나는 유리의 뒤를 쫓았다. 그런데 현관 밖으로 발을 내딛는 순간, 유리의 모습이 눈앞에서 연기처럼 사라져 버렸다. 나는 놀라서 주위를 둘러보았다. 유리네 집도, 어두운 복도도 이미 사라져 버린 뒤였다.

형광등 불빛은 다시 들어와 있었고, 늘 일하던 사무실에 서 있는 내 자신을 발견할 수 있었다. 혹시나 하는 생각에 사장실과 접견실 문도 다시 열어 보았지만, 커다란 책상과 의자, 탁자들이 덩그러니 놓여 있을 뿐이었다.

나는 조금 전에 일어났던 일을 되돌려 생각해 보았다. 어떻게
이런 일이 일어날 수 있는 것인지 머리가 어지러웠다. 어쩌면 유
리의 전화를 받고, 예전의 기억을 떠올리다가 잠깐 잠이 들었는
지도 모른다. 꿈을 꾸었을 것이다. 잊고 살았던, 그리고 잊고 싶
었던 시간들에 대한 악몽을. 그걸 증명이라도 하듯 온몸이 땀에
절어 있었다.

손등으로 이마의 땀을 닦으며 무심코 책상 위에 있는 둥근 거
울을 들여다보았다. 붉은색 섀도와 립스틱, 유리가 정성껏 화장
해 주었던 모습이 그대로 거울 속에 비쳤다. 도대체 나한테 무슨
일이 일어나고 있는 것일까?

유리네 집에 처음 갔을 때 기억이 어렴풋이 되살아났다. 안방
에 걸린 작은 자물쇠통을 보고, 유리한테 왜 안방에 자물쇠를 걸
어 놓았는지 이유를 물은 적이 있었다.

"내가 엄마 방에 들어가서 엄마 옷이랑 목걸이를 했거든. 그런
데 엄마가 갑자기 들이닥쳤어. 놀라서 목걸이를 풀다가 끊어지고
말았지. 엄마가 가장 아끼는 목걸이였는데 말이야. 그 뒤로 안방
은 출입 금지야."

유리는 대수롭지 않다는 듯 대답했다.

유리가 창밖으로 뛰어내리던 날, 혜주가 유리를 가운데 세워
놓고 퍼붓던 말들도 떠올랐다.

“너네 엄마 친엄마 아니라며? 네 동생도 친동생 아니고. 너네 새엄마가 그러는데 친엄마는 딴 남자랑 바람나서 도망갔다고 하던데? 너희 아빠가 사업 부도낸 뒤에 너만 떠맡기고 사라졌다고 동네방네 떠들고 다니더라.”

“그 엄마에 그 딸이라고, 남자한테 꼬리 치는 건 자기네 친엄마랑 똑같네.”

아이들이 빈정거리며 웃고 떠드는 소리가 귓가에 메아리쳐 왔다. 두 손을 바들바들 떨면서도 아랫입술을 꾹 깨문 채 울지 않으려고 애쓰던 유리의 모습도 환영처럼 떠올랐다.

그제야 내가 과거의 시간 속으로 잠시 여행을 다녀왔다는 걸 알게 되었다. 그리고 유리한테 내가 무슨 짓을 했는지 알 수 있었다. 꿈이 많았던 유리, 친동생도 아닌 영현이를 알뜰히 보살피던 유리, 아버지 없이 새엄마와 살면서도 늘 밝게 웃으려고 노력했던 유리. 나를 많이 좋아해 주었던, 가장 소중한 친구 유리…….

눈을 감고 마지막 기억의 조각을 떠올렸다. 과거의 시간 속에 영원히 묻어 두고 싶었던 기억. 다시는 꺼내 보지 않으려고 꼭꼭 숨겨 두었던 기억. 하지만 절대로 도망칠 수 없었던 기억…….

그 무렵, 내 자신에 대한 두려움과 질투로 하루하루를 고통스럽게 버티고 있는 나와는 달리 유리는 새로 사귄 남자친구와 즐거운 시간을 보내고 있었다. 나와는 달리 무척이나 행복해하는 유리를 보며 세상이 너무 불공평하다는 생각이 들었다. 내가 좋아하는 만큼 유리도 나를 좋아했다면, 내가 아파하는 만큼 유리도 아파해야 한다고 생각했다. 나는 유리한테도 내 고통을 나누어 주고 싶었다.

처음 마음먹기가 힘들었을 뿐, 복수를 하기로 결심하자 실행하는 건 생각보다 쉬웠다. 질투심 많은 혜주를 이용하면 쉽게 해결되는 일이었다.

나는 혜주의 SNS 주소를 찾아냈다. 그리고 내가 보낸 것을 알지 못하도록 새 계정을 만들어 혜주한테 메시지를 보냈다.

네 친구 유리가 남연중학교 고영민이랑 사귀고 있는 거 혹시 아니?

네가 고영민을 좋아하는 걸로 알고 있는데…… 정말 안됐다. 친한 친구한테 배신이나 당하고 말이야.

유리가 진아의 남자친구였던 승준이도 빼앗아 갔다던데…….

진아도 그렇고 너도 그렇고 참 한심하다.

유리, 전학 오기 전 학교에서도 친구의 남자친구 빼앗는 걸로 유명한 애였어.

그래서 그 학교에서도 왕따당해서 쫓겨난 거고.

애초에 그런 애랑은 친구를 하는 게 아니었어.

더 많은 걸 빼앗기기 전에 조심하는 게 좋을 거야.

혜주한테 메시지를 보낼 때까지만 해도 돌이킬 수 없을 만큼 일이 커질 거라고는 예상하지 못했다. 혜주와 고영민한테서 유리를 되찾고, 나를 아프게 한 벌로 유리한테 약간의 고통을 주고 싶었을 뿐……

지지지직.

형광등 불빛이 깜빡거렸다. 그리고 곧이어 불이 꺼졌다.

나는 다시 어둠 속에 갇히게 되었다. 조심스럽게 벽을 더듬었다. 이번에는 또 다른 문에서 빛이 새어 나오고 있었다. 안에서 아이들 소리가 났다.

힘껏 문고리를 잡아당겼다. 그러자 문이 열리면서 두 눈으로 뜨거운 불빛이 쏟아져 들어왔다. 잠시 뒤, 뜨거운 불빛이 사라지고 나는 천천히 눈을 떴다. 내가 들어선 곳은 중학교 3학년 때 교실 안이었다.

"저기, 진아 온다. 진아한테 직접 물어보면 되겠네."

누군가 소리치자, 내 주변으로 아이들이 몰려들었다.

교실 가운데 유리 혼자 덩그러니 남아 있었다. 마네킹처럼 우뚝 서서 두 손을 바들바들 떨고 있는 유리의 눈동자는 외로움과 두려움으로 가득 차 있었다.

"진아야, 네가 말 좀 해 봐. 이게 분명히 네 남자친구한테 꼬리 친 거 맞지?"

혜주가 나를 보며 소리쳤다.

이젠 결단을 내려야 했다. 내가 저지른 모든 잘못을 되돌릴 수 있는 마지막 기회가 온 것이었다. 나는 길게 심호흡을 하고 힘들게 입을 열었다.

"아니, 유리는 아무런 잘못이 없어. 그러니 유리를 그냥 보내 줘."

나는 유리 곁으로 다가가 유리의 손을 잡아끌었다. 요란하게 떠들던 아이들 사이에서 잠깐 침묵이 흘렀다. 혜주가 갑자기 달려와서 내 손에 끌려가던 유리의 팔을 거칠게 낚아챘다.

"무슨 짓이야? 아직 우리랑 얘기 안 끝났거든."

옆에서 지켜보고 있던 혜주 패거리 중 한 명이 입을 열었다.

"진아야, 솔직히 말해 봐. 네 남자친구 꼬신 거 맞지? 혜주 남자친구도 이년이 꼬셨다잖아."

"유리를 고영민이 나오는 자리에 데려간 건 혜주 아니었어? 그리고 고영민이 언제부터 혜주 남자친구였는데? 고영민도 그렇게 생각하는지 확인해 봐야 하는 거 아니야?"

내가 혜주를 노려보며 쏘아붙이자, 마치 찬물을 끼얹은 것처럼 주위가 조용해졌다.

"우리 이제 가 봐도 되지?"

나는 유리 팔을 잡고 있던 혜주의 손을 뿌리쳤다.

"잠깐만."

혜주가 다시 내 앞을 가로막았다.

"너 그러고 보니까 정말 이상하다. 네가 뭔데 유리를 감싸고 도는 거야? 더욱이 네 남자친구도 유리한테 빼앗겼잖아. 네 말처럼 아무리 유리 잘못이 아니라고 해도, 자기 남자친구를 빼앗아 간 애랑 그렇게 친하게 지낼 수 있어? 다른 애들 같으면 속 뒤집어질 일 아니야? 그런데 넌 왜 그렇게 태연한데? 너 좀 이상하다고 소문난 거 모르지? 초등학교 때부터 지금까지 네가 치마 입은 거 난 한 번도 못 봤어. 그리고 머리는 왜 그렇게 짧게 하고 다니는데? 솔직히 말해. 너 유리 좋아하지? 예전부터 유리 바라보는 눈빛이 좀 이상하다고 생각했어. 혹시 너희 둘 정말 사귀는 거 아니야?"

나는 아무 말도 할 수 없었다. 인정을 하는 건 어렵지 않지만 내 대답이 나중에 어떤 결과를 가져오게 될지 두려웠다. 하지만 지금 용기를 내어 솔직하게 대답하지 못한다면 같은 잘못이 다시 반복될 거라는 생각이 들었다. 그리고 그 모든 피해는 또 유리의 몫이 될 거라는 것도 알고 있었다.

"나 혼자 유리를 좋아했던 건 사실이야. 그리고 내 감정은 유리하고는 아무 상관 없는 일이야. 유리가 고영민과 끝나기를 바랐어. 그래서 가짜 계정으로 너한테 메시지를 보낸 거고. 하지만 이제야 알 것 같아. 내가 유리한테 얼마나 잔인한 짓을 했는지 말이야. 모두 다 내 욕심 때문이었어. 그때는 내가 너무 어리석었어. 많이 힘들었던 건 사실이지만 그건 내 몫이었어. 너 또한 고영민이 다른 사람을 좋아하는 거 인정하기 싫겠지만, 네가 이렇게 해도 달라지는 건 없어. 힘들더라도 그건 네가 견뎌야 할 몫이야. 지금 이 고통이 내가 견뎌야 할 몫인 것처럼."

나는 다시 유리를 바라보며 말을 이었다.

"유리야, 미안해. 너한테 솔직히 말하지 못해서 정말 미안해. 모든 게 다 내 잘못이야. 너한테 그러는 게 아니었는데……. 너한테 그러면 안 되는 거였는데……. 네 등 뒤에 숨어서 도망갈 생각만 했어. 그때는 정말 무서웠어. 아이들이 무서웠고, 나 자신이 무서웠어. 이렇게 비겁한 날 용서해 주겠니?"

나는 유리의 두 손을 꼬옥 잡았다. 유리의 커다란 눈동자에 가득 차 있던 눈물이 후두둑 떨어져 내 손등 위로 흘렀다.

휘리릭 휘리릭.

갑자기 창밖에서 바람이 불어왔다. 창가에 걸려 있던 하늘색 커튼이 춤을 추는 것처럼 펄럭거렸다. 차갑고 냉랭하게 느껴졌던 5월의 바람. 기억 속에 존재하던 그 비릿한 바람 냄새가 또다시 코끝에 맴돌았다.

유리의 모습이 점점 희미해져 갔다.

"유리야!"

나는 사라져 가는 유리를 붙잡기 위해 노력했다. 하지만 소용 없는 일이었다.

주위에 서 있던 아이들도, 내가 서 있던 교실도 모두 연기처럼 사라졌다. 그리고 남아 있는 건 어둠뿐.

나는 손을 뻗어 벽을 더듬었다. 스위치가 손에 잡혔다. 불을 켜 자, 텅 빈 사무실 안이었다. 가슴이 미친 듯이 요동쳤다. 나는 겨 우 안정을 되찾고, 유리네 집 전화번호를 떠올렸다. 예전 우리 집 번호와 뒤의 두 자릿수만 달랐기 때문에 어렵지 않게 기억해 낼 수 있었다. 나는 떨리는 손으로 유리네 집 전화번호를 눌렀다.

뚜― 뚜― 뚜― 뚜― 뚜―.

한참 뒤에야 누군가 전화를 받았다.

"여보세요?"

"유리야, 나야 진아."

"누, 누구세요?"

전화기 너머에서 여자의 목소리가 들려왔다. 하지만 유리의 목 소리는 아닌 것 같았다.

“저, 유리 친구인데요. 유리 좀 바꿔 주시겠어요?”

“…….”

여자는 한참 동안 대답이 없었다.

“여보세요? 유리 좀 바꿔 주세요. 지금 꼭 급하게 통화를 해야 돼요.”

나는 다급한 목소리로 전화기에 대고 소리쳤다.

“유리 언니…… 집에 없어요.”

“혹시, 영현이니? 나 모르겠어? 중학교 때 유리 친구였던 진아야. 너희 집에도 몇 번 놀러 갔었는데……. 지금 유리랑 꼭 통화를 해야 하는데, 휴대전화 번호 좀 가르쳐 줄래?”

“유리 언니…… 1년 전에…… 죽었어요.”

수화기를 들고 있던 손이 아래로 툭 떨어졌다. 나는 멍하니 형광등 불빛만 바라보았다. 내 눈에서는 뜨거운 눈물이 하염없이 쏟아져 내렸다.

나를 위한 노래

가출했다가 돌아온 현주가 결국 학교에 자퇴서를 냈다는 소식을 듣고, 나는 크게 충격을 받았다. 현주의 자퇴와 도형이의 퇴학. 평범했던 두 사람의 인생이 나락으로 떨어져 버리게 된 모든 책임이 나한테 있는 것 같아 더욱 고통스러웠다. 아이들 사이에서는 현주가 도형이와 함께 도망갔다는 소문도 떠돌았고, 미국으로 유학을 갔다는 이야기도 떠돌았다. 하지만 소문이라는 게 으레 그렇듯, 어느 것 하나 신빙성이 없기는 마찬가지였다. 현주와 도형, 두 사람의 휴대전화는 늘 꺼져 있었고, 메시지를 보내도 답장이 없었기 때문에 두 사람의 소식을 전혀 확인할 길이 없었다. 시간을 되돌릴 수만 있다면, 이 모든 사건의 발단이었던 3개월 전으로 돌아가고 싶었다.

"내가 도형이 사귀고 있는 거, 넌 어떻게 생각해?"

라희의 갑작스러운 질문에 나는 뭐라고 대답해야 하나 조금 망설여졌다. 얼굴도 예쁘고 공부도 잘하는 라희의 남자친구로 중학교 때 전교 회장까지 한 도형이는 아주 잘 어울리는 짝이었다. 하지만 그건 어디까지나 겉으로만 보여지는 모습일 뿐, 두 사람을 관찰하고 분석할수록 문제점이 자꾸 눈에 띄었다. 남녀 사이에 끼어들어서 이러쿵저러쿵 간섭하고 싶은 마음은 없었지만, 라희와는 초등학교 때부터 단짝인 만큼 솔직하게 말을 해야 할 것 같았다. 라희도 솔직한 대답을 원하고 나한테 묻는 것일 테니.

"난 개 별로야. 말끝마다 자기가 중학교 때 회장이었다고 하는데, 좀 잘난 척이 심한 것 같아. 그리고 날마다 독서실 앞에서 기다리는 것도 싫어. 무슨 스토커도 아니고, 너 조금만 늦게 도착하면 꼬치꼬치 캐묻고 그러잖아. 지가 네 남편이라도 되냐? 아주 피곤한 스타일인 것 같아."

나는 그동안 도형이에 대해 생각했던 것들을 거리낌 없이 모두 이야기했다.

"나 도형이랑 헤어질까?"

"그런 걸 왜 나한테 물어? 그거야 네 맘이지. 너, 마음에 없으면 괜히 뜸 들이지 말고 빨리 정리해 버려. 괜히 시간만 끌다가 걔한테 발목 잡히지 말고. 너희 둘 사귄다고 벌써부터 소문 쫙 퍼졌어. 정말이냐고 나한테 묻는 애들도 있더라.”

“도형이 만난 지 한 달도 안 됐는데, 벌써 소문이 났어?”

“그렇다니까.”

“솔직히 나도 내 마음 잘 몰랐는데, 네 이야기 들으니까 정리가 되는 것 같다. 나, 도형이 때문에 신경 쓰느라 이번 중간고사도 망쳤어. 학원에서 본 시험 성적도 다 떨어졌고. 성적표 나오면 엄마가 가만두지 않을 거야. 게다가 남자 사귀느라 그런 거 엄마가 알게 되면 완전 끝장이야. 나 결심했어. 도형이랑 정리할래.”

“진짜?”

“응. 너도 내가 헤어지는 게 좋겠다며?”

“아니, 결정할 거면 질질 끌지 말라는 뜻이었지. 이렇게 바로 끝내라는 건 아니었어.”

“그게 그거지 뭐!”

나는 좀 더 신중하게 생각하고 대답할 걸 너무 쉽게 말해 버린 것 같아, 조금 후회가 되었다. 다시 한번 생각해 보는 게 어떻겠냐고, 넌지시 말을 건네 볼까 하다가 그만두었다. 이제 와서 그런 이야기를 해 봤자 구차하기만 할 뿐, 이미 헤어지기로 마음을 굳힌 라희한테는 별 소용이 없을 것 같았다. 한번 지나간 시간은 다시 되돌릴 수 없는 법이다. 라희와 도형, 두 사람의 문제이니만큼 헤어지든 말든 그건 둘이 알아서 결정할 문제라고 마음 편하게 생각하기로 했다.

결국 라희는 도형이한테 이별을 통보했다. 그리고 그 소식을 나한테 전해 주었다. 더불어 나와 함께 다니던 태양독서실을 그만두고, 새로 생긴 뉴브레인독서실로 옮긴다는 소식도 알려 주었다. 우유부단한 줄 알았던 라희가 언제부터 이렇게 결단력이 있었나, 어안이 벙벙할 따름이었다.

그래도 그렇지, 독서실까지 그만둘 건 뭐람. 늦은 밤 혼자서 독서실로 향하는 발걸음이 내내 무거웠다. 사흘 전에 한 달 치 독서실비를 미리 낸 뒤라, 좋든 싫든 남은 일수를 채워야 했다. 그렇다고 한 달이 지난 뒤에라도, 라희가 다니는 독서실로 옮길 수 있는 것도 아니었다. 뉴브레인독서실은 집에서 30분이나 떨어진 곳이기도 하지만, 최고급 시설을 갖추고 있어서 내가 다니는 태양독서실보다 가격이 비쌌다. 지금 다니는 독서실비도 아빠한테 힘들게 타낸 뒤라, 차마 새로 생긴 뉴브레인독서실로 옮기겠다고 돈을 더 달라고 할 수가 없었다. 그나마 지금 다니고 있는 독서실비를 탈 때도 통과의례처럼 아빠한테 한바탕 욕을 먹었었다.

"편안한 집 놔두고 뭐 하러 독서실까지 다닌다고 난리야? 우리 때야 공부할 만한 방이 따로 없어서 독서실을 다녔지만, 요즘은 자기 방 다 갖고 있는데, 왜 쓸데없이 독서실에 다니겠다는 거야? 가격이 싸기나 해? 한 달 비용이 20만 원이나 하잖아. 학원비 백만 원이 넘는데 독서실비까지, 너한테 돈이 얼마나 많이 들어가는지 알기나 하냐? 그렇다고 공부나 잘하면 또 몰라. 중학교 때는 그래도 반에서 상위권 안에는 들더니, 고등학교 올라가서는 중간에서 맴돌고 있잖아. 그래 가지고 어디 대학이나 가겠어? 학원하고 독서실에 돈이나 퍼다 주면서 남 좋은 일만 시키는 거지. 그렇게 써 대면 네 동생들은 나중에 뭘로 공부를 시키냐?"

남들은 하나 있을까 말까 한 동생을 혹처럼 둘이나 달고 있는 것도 억울한데, 동생들 장래까지 걱정해야 하니 생각하면 생각할수록 열불이 나는 일이었다. 죽도록 말 안 듣는 열 살 남동생과 더 말 안 듣는 초딩 5학년 여동생은 낮이고 밤이고 할 것 없이 싸움질에 빽빽거리고 울어 댔다. 나는 공부를 하고 싶어도 동생들 때문에 집중이 안 된다고 눈물까지 글썽거리며 아빠를 설득해서 겨우 독서실 다니는 걸 허락받았다. 20만 원 받는 것도 그렇게 힘들었는데, 이제 와서 더 비싼 독서실로 옮기겠다고 하면, 돈 대신 잔소리만 이어질 게 뻔한 일이었다. 이럴 때는 부자 부모 밑에서 외동딸로 태어난 라희가 더없이 부러웠다. 부모의 전폭적인 지지를 받으며 시설 좋은 럭셔리 독서실에, 주말마다 고액 과외까지 받고 있으니, 중학교 때까지 비슷했던 성적이 시간이 지날수록 벌어지는 건 어쩌면 당연한 결과인지도 몰랐다. 그뿐만이 아니다. 방학 때마다 미국, 호주, 캐나다를 제집 드나

들듯 하니, 나는 죽어라고 영어 공부를 해도 라희의 유창한 영어 발음을 따라잡을 수가 없었다. 지난 방학에는 한 달 동안 유럽 여행까지 마치고 왔다. 파리 에펠탑 주변에는 소매치기들이 많다는 둥, 스위스에는 푸른 잔디가 끝없이 펼쳐져서 멋져 보이지만 막상 그 안에 들어가면 밟히는 게 소똥이라는 둥, 라희는 방학 때마다 꾸역꾸역 외국으로 기어 나가면서, 막상 가 보면 실망이라고 잘난 척만 해 댔다.

어쩌면 라희를 향한 질투 때문에 도형이에 대해 괜한 트집을 잡은 게 아니었나, 나 자신을 되돌아보았다. 하지만 그걸 인정하고 싶지는 않았다. 그걸 인정하기에는 나 자신이 너무 초라하게 느껴졌다. 내 행동을 정당화하기 위해서라도 도형이의 단점을 더 찾아야 했다.

생각해 보니 도형이는 좀스러운 구석이 있었다. 라희가 명품을 좋아한다고 했더니, 도형이는 명품 좋아하는 애들 좀 한심해 보인다고 말했었다. 그 순간, 돈이라면 벌벌 떠는 짠돌이 아빠가 떠올랐다. 도형이를 생각하면 좀 안된 일이지만, 라희를 위해서는 백번 잘한 일이라는 결론에 도달했다. 40이 넘은 나이에도 아빠한테 매달 카드값 검사받으며, "내가 미쳤지, 괜찮은 남자들 다 놔두고 하필이면 왜 네 아빠랑 결혼했는지 모르겠다." 며 늘 신세타령을 하는 엄마를 떠올리니, 그런 생각이 더욱 확

고해졌다.

라희를 위해서 그런 거야. 다른 이유 같은 건 없어. 나는 석연치 않은 마음을 이렇게 달랬다.

태양독서실 건물로 들어서는데, 계단 벽 쪽에 남자가 고개를 푹 숙이고 앉아 있었다. 양쪽 어깨를 축 늘어뜨린 채, 처량하게 앉아 있는 남자는 전날까지만 해도 라희의 남자친구였던 도형이였다. 나는 발소리를 죽이고, 난간 쪽으로 바짝 붙어서 걸었다. 도형이가 금방이라도 내 다리를 붙들고는 너 때문에 이 꼴이 됐다며 책임을 물을 것 같아 덜컥 겁이 났다. 하지만 도형이의 숨소리만 새근새근 작게 들려올 뿐이었다. 나는 더욱 빨리 계단을 올랐다. 도형이한테서 겨우 벗어났다는 생각이 들 때였다.

"잠깐만……."

조금 전까지만 해도 고개를 푹 숙이고 있던 도형이는 내가 지나가는 걸 이미 다 알고 있었다는 듯이 조용히 말했다. 도형이의 목소리는 부드럽고 나직했지만 거부할 수 없는 힘이 느껴졌다. 나는 마치 마법에라도 걸린 듯, 다리가 뻣뻣하게 굳어서 몸을 움직일 수가 없었다. 라희와 함께 도형이를 몇 번 만난 적이 있기 때문에 더 이상 모르는 척할 수도 없었다.

"어, 도형이구나!"

도형이라는 걸 전혀 몰랐다는 듯이, 나는 조금 뜸을 들인 뒤에 알은체를 했다. 도형이는 자리에서 일어나 내가 서 있는 계단으로 가까이 다가섰다.

"라희한테 이야기 들었지? 우리 헤어진 거……."

이럴 때는 뭐라고 대답을 해야 하나, 나는 난감하기만 했다. 이미 다 알고 있다는 듯이 대답을 할 수도 없고, 그렇다고 전혀 몰랐던 것처럼 연기를 할 수도 없었다. 나는 입을 꾹 다물고 도형이의 눈치만 살폈다. 도형이는 내 눈길을 피해 고개를 푹 숙이고는 손에 들고 있던 것을 만지작거렸다. 내 눈이 자연스럽게 도형이의 손으로 향했다. 도형이의 손에는 하트 모양 목걸이가 들려 있었다. 라희가 좋아하는 브랜드 목걸이였다.

"이거, 너무 비싸서 백화점에서는 못 사겠더라. 일주일 전에 인터넷에서 주문한 건데, 오늘에서야 왔어. 이젠 라희 못 만나잖아. 독서실도 옮겼다는 이야기 들었어. 그냥 쓰레기통에 버릴까 하다가 차마 그렇게는 못 하겠더라. 마치 내 마음이 버려지는 것 같아서……. 이거 주문해 놓고 라희한테 선물할 생각하면서, 설레어 잠도 제대로 못 잤어. 이렇게 허무하게 끝날 줄도 모르고 말이야. 비록 라희와는 헤어졌지만 그래도 이 목걸이의 주인은 라희라는 생각이 들어. 미안하지만 네가 라희한테 좀 전해주면 안 될까?"

도형이는 손에 들고 있던 목걸이를 내밀며 나를 바라보았다.

도형이의 눈이 빨갛게 충혈되어 있었다. 나는 어찌할 바를 몰라 잠깐 멈칫했다. 라희가 받을지 안 받을지도 모르는데, 덥석 받아 들 수가 없었다. 그렇다고 눈까지 충혈된 채 내 대답을 기다리고 있는 도형이한테 안 된다는 말도 할 수가 없었다. 왠지 모르게 도형이의 모습이 병든 강아지처럼 측은하게 느껴졌다. 죽은 사람 소원도 들어준다는데 그까짓 부탁 하나 못 들어줄까, 나는 조금 망설이다가 결정을 내렸다.

"알았어. 이 목걸이만 전해 주면 되는 거지?"

"저, 있잖아……."

도형이는 뭔가 할 이야기가 남은 듯 주저하다가, 조금 뒤에 다시 입을 열었다.

"네가 라희랑 가장 친한 친구라서 이야기하는 건데…… 독서실 다니는 애들 중에서 우리 학교 일진 애들이 있는데, 라희하고 너한테 관심이 있더라. 독서실 앞에서 너희랑 몇 번 마주친 적이 있었나 봐. 화장실에서 녀석들이 너랑 라희에 대해 이야기를 하더라고. 자기들끼리 떠드는 건데, 내가 끼어들어서 뭐라고 할 수도 없었어. 내가 라희랑 사귄다고 일부러 말을 흘렸더니, 그 뒤부터는 내 앞에서는 조심하는 것 같더라. 그래도 나는 마음이 안 놓여서 일부러 너희가 학원 끝나고 올 때, 건물 앞에서 기다렸던 거야. 물론 라희가 보고 싶었던 것도 있지만……. 라희를 감시하려고 그랬던 건 절대 아니야. 그런데 라희는 내가 무슨 스토커라도 되는 것처럼 이야기하더라. 그 말 들었을 때 정말 서운했어. 해명할 기회도 주지 않고, 자기 할 소리만 하고 전화를 끊어 버리더라고. 지금 내가 한 이야기 라희한테는 말하지 마라. 이미 끝난 사이인데, 뒤늦게 그런 이야기 하면 내가 너무 후져 보이잖아. 나도 답답해서 그냥 지껄인 거야.”

도형이는 손에 들고 있던 목걸이를 내 손에 쥐어 주고는 먼저 계단을 올랐다. 순간, 뭔가에 세게 얻어맞은 것처럼 머리가 어지럽고 혼란스러웠다. 그런 사정이 있는지도 모르고 스토커로 몰았으니, 한없이 미안할 뿐이었다.

다음 날, 나는 주머니에 간직하고 있던 목걸이를 꺼내 들고 라희 곁으로 다가갔다.

“도형이가 너한테 전해 주라고 하더라.”

라희는 내가 내미는 목걸이를 보고 징그러운 벌레라도 본 것처럼 눈살을 찌푸렸다.

“이걸 받아 오면 어떻게 해. 나보고 어쩌라고?”

“아니, 나는 안 받으려고 했는데…… 걔 표정이 무지 심각하더라고. 이거 주문해 놓고 며칠 동안 잠도 못 잤대. 그냥 쓰레기통에 버릴까 하다가 자기 마음이 버려지는 것 같아, 차마 그럴 수가 없었대. 이미 끝난 사이지만 이 목걸이는 너 생각하고 산 거니까 너한테 전해 주어야 할 것 같다고……."

"헤어졌으면 그만이지, 걔는 왜 이렇게 질퍽거리는지 모르겠어. 완전 찌질이 아니야? 도형이랑 사귄다고 소문난 것도 알아보니까 다 도형이가 떠벌리고 다닌 거더라. 주영이네 오빠가 말해 줘서 알았어. 그 이야기 듣는데 완전히 오만 정 다 떨어지더라."

"아니, 그건 네가 오해하는 거야. 걔네 학교 남자애들이 너하고 나한테 관심을 보여서 일부러 그런 거래."

나는 도형이의 마음을 그대로 전하기 위해 최대한 애썼다. 하지만 라희의 반응은 냉담했다.

"너 뭐야? 언제는 스토커다 뭐다 하면서 빨리 헤어지라고 난리더니, 이제 와서 왜 딴소리야? 몰라, 난 걔랑 끝난 거야. 나 그 목걸이 받기 싫으니까 네가 다시 돌려주든 말든 맘대로 해. 그거 분명히 백화점에서 산 것도 아닐 거야. 인터넷에서 파는 이월 상품 산 거겠지. 걔 정말 짜증 난다."

라희가 나한테 그러는 것도 아닌데, 나는 울컥 화가 치밀어 올랐다. 하지만 이 상황에서 라희한테 화를 낸다면 나만 웃긴 꼴이 된다는 걸 잘 알고 있었다. 나는 크게 심호흡을 하고는 힘들게 화를 가라앉혔다.

도형이에 대해 스토커니 뭐니 해서 쓸데없는 말을 한 것부터가 잘못이었다. 그런 말만 안 했어도 라희와 도형이 사이에서 이렇게 곤란한 상황을 겪지도 않았을 것이다. 애초에 두 사람 사이에 끼어드는 게 아니었다. 하지만 뒤늦게 후회해도 소용없는 일이었다. 이제 도형이한테 받은 목걸이를 어떻게 해야 하나 걱정이 태산 같았다. 마치 내 마음이 거부당한 것 같아 목걸이를 보는 내내 가슴이 쓰라렸다.

나는 라희한테 전해 주지 못한 목걸이를 늘 가방에 넣고 다녔다. 도형이를 다시 만나게 되면 돌려줄 생각에서였다. 그런데 뭐라고 설명하고 목걸이를 돌려줘야 하나, 독서실에 갈 때마다 여간 곤혹스러운 게 아니었다. 매도 빨리 맞는 게 낫다고, 도형이한테 빨리 돌려주고 마음 편하게 지내고 싶었다. 하지만 도형이는 일주일이 다 지나도록 독서실에 나타나지 않았다. 라희가 그만둔 걸 알고, 도형이도 따라서 그만둔 것일지도 모른다는 생각이 들었다.

가방 깊숙이 넣어 둔 목걸이의 존재에 대해 까맣게 잊고 지낼 때쯤, 나는 다시 도형이와 마주치게 되었다. 편의점에 가려고 독서실 복도로 나가는데, 계단 창가 앞에 도형이가 서 있었다. 도형이의 손에는 놀랍게도 담배 한 대가 들려 있었다. 라희와 사귈 때만 해도 몸에도 안 좋은 담배를 왜 피우는지 모르겠다며, 화장실에서 담배 피우는 애들을 욕했던 도형이다. 라희가 도형이와 나눈 이야기를 날마다 생중계하다시피 했기 때문에, 나는 도형이에 대해 많은 걸 알고 있었다. 그렇게 범생이였던 도형이가 담배를 피우는 것도 놀랄 일이지만, 그보다 도형이한테 돌려주지 못한 목걸이가 떠올라 가슴이 뜨끔했다.

"안녕!"

도형이가 먼저 가볍게 인사를 건넸다.

"어, 오랜만이다. 그동안 얼굴 보기 힘들던데……. 독서실에 왜 안 나왔어?"

"그냥 집에서 공부했어. 독서실에 오면 자꾸 라희 생각이 나서 집중이 안 되더라고."

그동안 마음고생이 컸는지 도형이의 얼굴에 어두운 그늘이 드리워 있었다. 너무나 당연한 질문을 던진 내 자신이 더없이 한심하게 느껴졌다. 나 스스로 자책하고 있는 걸 눈치챘는지 도형이가 애써 웃어 보였다.

"신경 쓰지 마. 이젠 정리 다 됐으니까."

도형이의 가느다란 손가락 사이에서는 여전히 담배 연기가 하얗게 피어오르고 있었다.

"너 원래 담배 안 피우잖아?"

"아, 이거?"

내 말이 신경 쓰였는지 도형이는 서둘러 담뱃불을 껐다.

“그냥 누가 주기에 한 대 피워 본 것뿐이야. 다른 애들은 처음 담배 피울 때 너무 독해서 정신이 아찔하다고 하던데, 생각보다 괜찮네. 아무래도 난 담배 피울 체질인가 봐.”

“담배 피울 체질이 어디 있니? 담배, 그거 내가 좀 피워 봐서 아는데 백해무익한 거야.”

“네가? 설마…… 넌 아무리 봐도 완전히 모범생인데…….”

“모범생은 무슨 얼어 죽을 모범생. 아빠한테 꽉 잡혀 사는 불쌍한 파파걸인걸. 우리 아빠 인생의 목표가 나를 7급 공무원으로 키우는 거야. 공부 열심히 해서 나중에 7급 공무원 되래. 그래서 아빠 대신 집안을 책임지라고……. 내 밑으로 동생이 둘 있는데, 동생들 뒷바라지를 하라는 뜻이지. 아빠는 최고로 인정받을 수 있는 직업이 공무원이래. 진짜 내 꿈은 만화가인데, 우리 아빠가 그 사실을 알고는 집에 있는 만화책을 몽땅 불태워 버렸어. 내가 10년 동안 모은 책들인데 말이야.”

“그래? 나는 마마보인데……. 우리 엄마 꿈은 나를 의대에 보내는 거야. 지금은 부동산 중개업을 하는데, 우리 엄마 예전 꿈이 의사였대. 공부를 꽤 잘했는데, 집안이 어려워서 의대에 가지 못하고 꿈을 일찍 포기했었나 봐. 그래서 나보고 의사가 되라고 하는데, 솔직히 나는 음악을 하고 싶어.”

“맞다! 너 노래 좀 한다는 소문은 들었어.”

“에이 뭘…… 엄마한테는 아직 말도 못 꺼내 봤어. 나만 바라보고 고생하는데, 의대 안 가고 음악 하겠다는 말은 차마 못 하겠더라.”

“사실 난 우리 엄마도 바깥일을 좀 했으면 좋겠어. 동생들 돌보느라 늘 집에 갇혀 있는 엄마 보면 불쌍해. 우리 아빠는 회사 끝나고 집에 오면 손가락도 하나 까딱 안 하거든. 나중에 우리 아빠 같은 사람 만날까 봐 겁난다니까.”

“그래도 넌 아빠가 있잖아.”

도형이는 잠깐 말을 멈추고 멍하니 창밖을 응시하다가 다시 말을 이었다.

“우리 아빠는 나 어렸을 때 돌아가셨어. 우리 엄마도 전에는 일 안 했는데, 아빠 돌아가시고 나서 어쩔 수 없이 하는 거야.”

“그랬구나……”

나는 또 괜한 이야기를 꺼낸 것 같아 도형이한테 미안한 마음이 들었다.

“참, 너 아까 담배 이야기 마저 해야지.”

도형이는 무거운 분위기를 깨려는 듯 밝은 목소리로 말했다.

“아, 맞다! 내가 그 이야기 하다가 말았지? 내가 담배 맛을 좀 일찍 알았거든. 열두 살 때 아빠 담배를 꺼내서 몰래 피운 적이 있었어. 아빠 회사 갈 때 몇 번 그랬는데, 담배가 한 개비씩 없어지는 걸 아빠가 눈치채고 말았지.”

“너, 진짜 혼났겠다!”

“아니, 혼은 안 났어. 아빠는 내가 그렇게 담배를 좋아하는지 몰랐다면서 그 뒤로 용돈 대신 담배를 사 줬을 뿐이야. 솔직히 호기심에 한 대 피워 본 거지, 열두 살짜리가 담배 맛을 어떻게 알겠어? 그 사건 뒤로 아빠가 담배 이야기만 꺼내도 나는 자다 경기를 일으킬 정도라니까.”

“진짜? 너네 아빠 정말 재밌다.”

도형이가 갑자기 크게 소리 내어 웃었다. 도형이의 웃는 모습을 보니 내 마음도 조금 가벼워졌다. 하지만 목걸이에 대한 이야기를 꺼내야 된다는 생각이 들자, 다시 마음이 무거워졌다. 나는 도형이의 눈치를 살피며 조심스럽게 이야기를 꺼냈다.

“저…… 있잖아, 그 목걸이 말이야……, 사실 라희한테 전해 주지 못했어. 이미 헤어졌는데 비싼 선물을 받기가 좀 부담스럽다고, 라희가 못 받겠다고 하더라.”

나는 도형이의 마음을 다치게 하고 싶지 않아서 없는 이야기를 지어냈다.

“그래…….”

도형이의 표정이 다시 어두워졌다.

“내가 생각이 너무 짧았어. 라희가 부담스러워하는 게 당연하잖아. 내가 라희였어도 안 받았을 거야.”

“여기 잠깐만 기다리고 있어. 너 만나면 다시 돌려주려고 늘 가방에 넣고 다녔어. 금방 가지고 나올게.”

내가 자리를 떠나려는데 도형이가 갑자기 내 팔을 잡아끌었다.

“아니야, 됐어.”

나는 당황해서 놀란 눈으로 도형이의 얼굴을 올려다보았다.

“아, 미안.”

도형이는 그제야 자신의 실수를 눈치챈 듯 재빨리 잡고 있던 내 팔을 놔주었다.

“괜찮으면 그 목걸이 너 가져. 여동생이나 누나가 있으면 줄 텐데, 나 혼자라서 누구 줄 사람이 없어. 그렇다고 엄마한테 줄 수도 없어서. 네가 싫다고 하면 할 수 없고…….”

도형이가 그렇게까지 말하는데 도무지 거부할 수가 없었다. 그냥 도형이가 바라는 대로 따르기로 했다.

“좋아. 그럼 그 목걸이 내가 가질게. 나중에 여자친구 새로 생겼다고 다시 돌려 달라고 하기 없기다.”

그날 이후로 독서실에서 도형이와 마주치는 일이 잦아졌다. 복도에 있는 자판기 음료수를 뽑으러 나올 때, 화장실에 가려고 할 때, 그리고 잠깐 바람을 쐬려고 할 때도 자주 도형이와 마주치게 되었다. 그럴 때마다 잠깐씩 서서 이야기를 나누었다. 서로 얼굴을 마주 대하는 일이 많아질수록 함께 이야기를 나누는 시간도 길어졌다. 도형이와 자연스럽게 휴대전화 번호도 교환하고, 메신저로 이야기도 나누는 사이가 되었다.

도형이는 오랫동안 라희를 잊지 못해 힘들어했다. 라희를 보고 한눈에 반한 이야기부터 라희에 대한 그리움까지, 나와 이야기를 나눌 때마다 온통 라희 이야기뿐이었다. 마치 유행 지난 노래를 반복해서 듣는 것처럼 라희에 대한 이야기는 지루하고 따분했다. 솔직히 도형이가 알고 있던 라희의 모습은 실제와 너무나 거리가 멀었다. 손바닥을 비비면 지우개 가루가 나온다며 손바닥에 침을 묻혀서 때를 벅벅 미는 엽기적인 행동부터, 청순한 이미지와는 다르게 욕을 아주 잘한다는 것, 그리고 부모님 앞에서 아직까지도 바닥에 주저앉아 떼쓰며 우는 것 등, 나는 라희의 실체에 대해 너무 잘 알고 있었기 때문에 도형이의 이야기를 듣고 있자면 라희가 아닌 전혀 다른 사람의 이야기를 듣는 것 같았다. 때로는 라희의 비밀을 밝히고 싶어 입이 간질간질할 때도 있었다. 하지만 도형이의 아름다운 기억을 방해하고 싶지 않았다. 오히려 내가 생각 없이 내뱉은 말이 두 사람이 헤어지는 데 결정적인 영향을 미쳤다는 것에 대해 도형이한테 진심으로 사죄하고 싶은 마음뿐이었다. 나는 참회하는 마음으로 도형이의 이야기를 아주 열심히 들어 주었다. 그리고 내가 열심히 들어 줄수록 도형이는 나한테 진심으로 고마워했다.

"라희를 만날 때는 내가 혹시나 실수하지 않을까 걱정되어서 마음이 조마조마할 때가 많았어. 라희 표정이 조금만 안 좋아도 밤에 잠을 못 잘 정도였거든. 그런데 너랑 이야기를 하면 이상하게 마음이 편해. 내가 무슨 말을 해도 너는 다 들어 주고 이해해 줄 것 같거든. 비록 라희와는 헤어졌지만 너랑 친구가 되어서 좋다."

도형이는 작은 고민이 생길 때마다 나를 찾았다.

그러던 어느 날 새벽, 공부를 하다가 책상에 엎드려 잠깐 잠이 들었는데 휴대전화 진동이 울렸다. 도형이한테서 걸려 온 전화였다. 나는 침을 닦고 시간을 확인했다. 새벽 세 시였다.

"어, 도형아. 이 시간에 웬일이야?"

"미안, 너무 늦었지? 내가 노래를 하나 만들었는데, 너한테 가장 먼저 들려주고 싶어서……."

별것도 아닌 일로 단잠을 깨워서 짜증이 났지만 꾹 참았다.

"응, 그랬구나."

"봄이야, 이 노래 어떤지 잘 들어 봐."

도형이가 전화기에 너무 가까이에 대고 랩을 하는 바람에 가

사를 전혀 알아들을 수가 없었다. 나는 도형이가 노래를 부르는
동안 귀에서 휴대전화를 떼고, 다시 책상에 엎드려 잠을 잤다.
휴대전화에서 윙윙거리는 모기 소리가 멈출 때쯤, 노래가 다 끝
났다는 것을 알고 휴대전화를 다시 귀에 가져다 댔다. 하지만 여
전히 정신은 몽롱하기만 했다.

"봄이야, 이 노래 어땠어?"

"응, 정말 좋다. 와, 이젠 노래도 직접 만들고 정말 멋지다. 그
런데 제목이 뭐야?"

"아직 노래 제목은 못 정했어. 나중에 정해지면 알려 줄게. 너
자다가 깬 것 같은데, 피곤하겠다. 좋은 꿈 꾸고 잘 자."

도형이는 뭐가 좋은지 목소리가 잔뜩 들떠 있었다. 전화를 끊
자마자 나는 곧바로 침대에 엎어져 잠이 들었다.

도형이는 그날 이후에도 나를 위해 자주 노래를 불러 주었다.
도형이가 들려주는 노래는 대부분 랩이 많은 힙합이었다. 나는
그런 음악보다는 멜로디가 부드러운 발라드를 더 좋아한다. 하
지만 도형이의 노래를 끝까지 들어 주었고, 노래가 끝난 뒤에는
찬사의 말도 아끼지 않았다. 가끔은 정말 도형이와 사귀는 걸로
착각이 될 정도였다. 때로는 그 느낌을 즐길 때도 있었다. 하지
만 그런 생각이 들 때마다 다른 한편으로는 가슴이 무겁고 답
답했다.

라희의 마음이 변하는 데 결정타를 날린 게 나라는 것을 알게 되다면……. 도형이가 겪었던 실연의 고통만큼 나에 대한 배신감은 더 클 것이다. 그리고 그동안 진실한 친구인 척, 도형이의 고민을 들어 주고 아픔을 달래 주었던 내 모든 행동이 위선처럼 가증스럽게 느껴질 것은 뻔한 일이었다.

도형이뿐만 아니라 라희를 대할 때도 떳떳하지 못한 건 마찬가지였다. 도형이한테서는 문자가 시도 때도 없이 왔는데, 특히 라희와 함께 있을 때는 여간 곤란한 게 아니었다. 라희 앞에서 보란 듯이 답장을 할 수도 없었고, 그렇다고 도형이의 문자를 계속해서 무시할 수도 없었다. 라희 몰래 화장실에 가서 답장을 보낼 때는, 마치 친구의 남자친구랑 바람이라도 피우는 것처럼 기분이 이상했다. 처음부터 전혀 의도했던 것은 아니지만, 결과적으로 두 사람 사이를 갈라놓고 친구의 남자친구를 가로챈 꼴이 되어 버렸으니 말이다. 아무리 아니라고 해도 도형이와 각별히 지내는 것을 라희가 알게 된다면 충분히 오해를 받을 상황이었다. 그리고 그런 오해를 정말 받게 된다고 해도 뭐라고 핑계 댈 말이 없었다.

결국 나는 도형이와 거리를 두기로 결심했다. 오해를 받을 만한 행동은 일절 안 하는 게 좋다는 생각에서였다. 아무리 생각을 해 봐도 두 사람한테 떳떳해질 수 있는 길은 그것밖에 없는 것 같았다. 그 뒤로 독서실에 가서도 일부러 밖으로 나가지 않으려고 노력했다. 밖으로 나갔다가 도형이와 마주칠 수도 있기 때문이다. 되도록이면 도형이와 마주치는 일은 피하고 싶었다.

토요일 오후라 독서실 안은 한가했다. 영어 참고서를 펴 든 지 한 시간도 안 되어서 머리가 지끈거리고 답답해서 미칠 것만 같았다. 다른 때 같으면 도형이를 불러내 한참 동안 수다를 떨었을 것이다. 하지만 도형이와 거리를 두기로 한 만큼 지겨워도 꾹 참고 공부에 집중하기로 했다.

한창 영어 단어를 외우고 있는데 현주가 내 곁으로 다가와 말을 걸었다.

"봄이야, 나랑 이야기 좀 하면 안 될까?"

"무슨 일인데?"

"여기서는 좀 그렇고…… 잠깐 밖에 나가자."

친하지도 않은 애가 갑자기 밖에서 보자는 것은 한판 붙어 보자는 경고인 경우가 많다. 하지만 현주처럼 얌전한 아이가 절대로 그런 의미로 부르는 건 아닐 것이라고 생각했다.

현주와는 독서실에서 마주칠 때마다 잠깐 인사만 나누던 사이였다. 중학교 1학년 때 같은 반이기는 했지만 그다지 친한 사이는 아니었다. 그런 현주가 무슨 할 이야기가 있다는 것인지 조금 당혹스러웠다.

　1층 편의점 앞에는 파라솔과 함께 탁자와 의자가 펼쳐져 있었다. 독서실에 다니는 아이들이 컵라면을 먹거나 음료수를 마실 때 자주 이용하는 곳이었다.

　나는 의자에 앉지도 않고 서둘러 물었다.

　"할 이야기라는 게 뭐야?"

　"잠깐 앉아 봐. 참, 너 음료수 뭐 마실래? 내가 사 올게."

　"난 별로 생각 없는데……."

　"그럼 내가 알아서 사 올게."

　현주는 편의점 안으로 들어가더니 조금 뒤에 캔커피 두 개를 들고 나타나 그중 하나를 나한테 건넸다. 나는 할 수 없이 현주가 건네는 캔커피를 받아 들었다. 도대체 무슨 말을 하려고 이렇게 뜸을 들이는지 이유를 알 수 없어 답답하기만 했다.

　"빨리 말해 봐. 무슨 이야기인지 궁금해 죽겠다."

　"그냥 별 이야기는 아니고, 너한테 묻고 싶은 게 있어서……."

　"그러니까 그 묻고 싶은 게 뭔데?"

　현주가 자꾸 뜸을 들이자 신경이 날카로워졌다. 나는 손에 들고 있던 캔의 마개를 따고 커피를 벌컥 들이켰다.

　"너 혹시 도형이라는 애랑 사귀니?"

　현주의 말에 너무 놀라서 하마터면 마시고 있던 커피를 모두 옷에 쏟을 뻔했다. 도둑이 제 발 저린다고 가슴이 덜컥 내려앉았다.

"누가 그래? 절대 아니야. 내가 왜 도형이랑 사귀니?"

"너희 둘이 친한 것 같아서, 그냥 물어본 거야."

"도형이가 예전에 사귀었던 애가 바로 내 친구야. 아무리 내 친구랑 헤어졌다고 해도 그렇지, 어떻게 내가 친구의 남친이었던 애랑 사귀니? 정말 말도 안 되지."

"네 친구 라희랑 사귀었다는 소문은 이미 들었어. 그럼 도형이랑 라희는 완전히 끝난 거야?"

"응. 그런데 왜 자꾸 그런 걸 묻는데?"

내 질문에 현주의 하얀 얼굴이 빨갛게 상기되면서 까만 눈망울이 가볍게 흔들렸다.

"이런 말, 하기 좀 창피하지만…… 나 솔직히 도형이한테 관심 있어. 태양독서실에 다니게 된 것도 도형이 때문이야. 그런데 라희랑 사귀는 것 같아서 고백을 못 했던 거야. 라희가 다른 독서실로 옮겼다는 이야기 듣고 도형이랑 끝났다는 걸 알게 됐어. 네 친구랑 이미 끝난 사이고, 또 너랑도 별 사이 아니라면, 나 도형이한테 사귀자고 말하려고……."

나는 현주의 갑작스러운 고백에 당혹감을 감출 수가 없었다. 하지만 애써 태연한 척했다. 어쩌면 도형이한테 잘된 일인지도 몰랐다. 현주에 대해서 자세히 알지는 못하지만, 조용하고 착하다는 것쯤은 알고 있었다. 공부도 꽤 잘하고 미술에도 남다른 재능이 있었다. 중학교 때 그림과 관련된 상은 모두 현주가 도맡아 받았을 정도였다. 그런데 무슨 일인지, 고등학교에 올라오면서 미술을 그만두고 공부에만 몰두했다. 들리는 소문에 의하면 성적만 갖고도 충분히 좋은 대학에 갈 수 있기 때문에 부모님이 미술을 그만두게 했다고 한다. 누구는 뭐 하나 제대로 할 줄 아는 게 없는데, 누구는 공부에 미술까지 잘하니 세상이 참 불공평하다는 생각이 들었다. 하지만 현주는 가까이 지내는 아이들이 별로 없었다. 현주네 부모님이 친구들 학교 성적까지 조사하며 심하게 간섭을 했기 때문이다. 그런 부모님 때문에 중학교 3학년 때는 반 아이들한테 은근히 따돌림을 당했다는 소문도 나돌았다.

부모님 말씀 잘 듣고 조용한 애인 줄로만 알았던 현주가 용감하게 자신의 감정을 고백하는 것을 보고 조금 놀라웠다. 그리고 자신의 감정을 당당하게 표현하는 현주가 멋져 보이기도 했다.

현주 정도라면 도형이도 마음에 들어할 것 같았다. 현주는 웃을 때마다 덧니가 살짝 보이는 게 귀여웠다. 도형이와 현주가 사귀기만 한다면 그동안 내 가슴을 무겁게 누르고 있던 죄책감에서 완전히 해방될 수도 있을 것 같았다.

"너, 사람 보는 눈 있다. 도형이 걔, 진짜 괜찮아. 노래도 잘하고. 중학교 때 전교 회장이어서 좀 도도할 줄 알았는데 의외로 감성적이고 마음도 여려. 너랑 잘 맞을 거야. 잘됐으면 좋겠다."

"고마워! 갑자기 내가 이런 말 꺼내서 네가 날 이상한 애로 보면 어쩌나, 걱정 많이 했어. 내 마음을 이해해 주는 것 같아서 다행이다. 나 사실 며칠 동안 잠도 못 자고 고민 많이 했거든. 그런데 도형이랑 라희랑 왜 헤어졌는지 물어봐도 돼?"

"어? 글쎄……."

나는 뭐라고 대답해야 할지 몰라 말끝을 흐렸다.

"라희 성적이 많이 떨어졌나 봐. 공부도 잘 안되고, 자꾸 신경이 쓰여서 그런 거겠지."

"그랬구나. 네 이야기 들으니까 이제 속이 다 후련하다. 봄이야, 너한테 부탁할 게 있는데, 나 도형이랑 잘되게 좀 도와줄 수 있어? 잘되면 나중에 꼭 보답할게."

현주는 도형이한테 자신을 소개시켜 달라는 부탁도 덧붙였다. 소개시켜 주는 거야 어렵지 않지만 라희가 마음에 걸려서 쉽게 대답을 할 수가 없었다. 하지만 행복한 얼굴로 내 대답만을 기다리고 있는 현주를 보니, 차마 싫다는 말도 할 수가 없었다.

"알았어. 대신, 난 그냥 인사만 시켜 주는 거다."

"정말 고마워! 이 은혜 절대 잊지 않을게."

나는 라희한테 문자를 보냈다. 정말 현주를 도형이와 연결해

쥐도 될지, 현주 앞에서는 알겠다고 했지만 사실 판단이 잘 서지 않았다.

—나 너한테 묻고 싶은 거 있어.

—뭐?

—도형이 이야기야.

—왜? 또 걔가 뭐라고 해?

—아니, 그런 건 아니고…… 도형이한테 관심 보이는 애가 있어서.

—누구?

—아직 누구라고 말할 수 없어.

—혹시, 너 아니야?

나는 라희가 보낸 문자에 정말 그렇기라도 한 것처럼 가슴이 덜컥 내려앉았다.

—미쳤니? 내가 아무리 남자가 없어도 그렇지, 네 남친이었던 애를 넘보게.

—ㅋㅋㅋ 뭘 그리 놀라나? 농담~

—누구인지는 나중에 알려 줄게.

—알았다. 둘이 잘해 보라고 해.

라희의 시원한 대답에 마음이 한결 가벼워졌다. 그동안 라희 앞에만 서면 괜히 미안한 마음에 주눅이 들었는데, 이제야 당당하게 라희를 대할 수 있을 것 같았다. 드디어 이상하게 꼬여 버린 관계를 풀 수 있는 기회가 온 것이다.

현주를 도형이한테 소개시켜 줄 기회는 생각보다 일찍 찾아왔다. 다음 날 편의점 앞에서 현주와 컵라면을 먹고 3층 독서실로 올라가려는데, 마치 기다렸다는 듯이 도형이가 계단을 내려오고 있었다.

"봄이야, 지금 오는 거야?"

"아니, 아까 왔어."

"너 뭐야? 내 문자도 씹고……. 요즘 날씨 좋아서 데이트나 좀 할까 했는데, 진짜 서운하다."

나는 도형이의 돌발 행동에 어찌할 바를 몰라 식은땀만 흘렸다. 현주한테는 도형이와 아무 사이도 아니라고 했는데, 혹시 도형이의 말을 오해하면 어쩌나 겁이 덜컥 났다.

"너랑 나 사이에 데이트는 무슨…… 누가 들으면 오해하겠다."

나는 도형이한테 눈을 흘기며 슬쩍 현주의 눈치를 살폈다. 다행히 현주도 대수롭게 생각하는 것 같지는 않았다.

"야, 농담이야. 별것도 아닌 걸 가지고 왜 발끈하고 그래? 너

답지 않게."

도형이가 그렇게 말해 버리니 혼자 오버를 한 것 같아 조금 민망했다.

"참! 도형아, 얘는 내 친구 김현주야. 둘이 인사해."

나는 썰렁해진 분위기를 깨기 위해 두 사람을 인사시켰다.

"어, 안녕!"

도형이는 현주한테 호감이 있는 듯 표정이 밝았다.

"안녕! 독서실 드나들다가 몇 번 본 적이 있는데……."

"맞아. 나도 너 본 적 많아."

두 사람은 자연스럽게 대화를 이어 갔다. 도형이는 현주가 무슨 말만 해도 평소와는 다르게 큰 소리로 웃었다. 목소리 톤도 조금 다르게 느껴질 정도였다. 내가 계획했던 대로 술술 잘 풀리는 것 같아 마음이 놓였다. 이제부터 마음 편하게 다리 쭉 뻗고 잘 수 있을 것 같았다.

하지만 그날 밤, 나는 잠을 잘 수가 없었다. 눈만 감으면 도형이의 얼굴이 떠올라 밤새 뒤척이다가 뜬눈으로 새벽을 맞이해야 했다.

도형이와 현주는 생각보다 빨리 가까워졌다. 도형이의 전화도 뜸해지고, 시도 때도 없이 보내오던 문자도 많이 줄었다. 독서실 근처에서도 현주와 함께 있는 도형이를 자주 목격할 수 있었다. 두 사람이 꽤 잘 어울린다는 생각이 들면서도 가슴 한구석이 뻥 뚫린 것처럼 허전하기도 하고, 왠지 모르는 배신감이 느껴지기도 했다.

가끔 잠이 안 올 때는, 새벽에 걸려 오던 도형이의 전화를 기다리기도 했다. 그럴 때마다 나는 스스로 주문을 만들어 외웠다.

"나는 외로웠을 뿐이야. 그냥 외로웠을 뿐이야. 그래, 외로웠던 거야."

하지만 주문은 별 효과가 없었다. 눈만 감으면 현주와 도형이가 함께 어울려 웃고 있는 모습이 머릿속에 떠올라 나를 괴롭혔다. 생각 같아서는 두 사람 사이를 갈라놓고 다시 도형이와 가까이 지내고 싶었다. 예전처럼 독서실에서 만나 수다도 떨고, 전화 통화도 하고, 함께 분식집에 가서 라면도 먹고 싶었다. 하지만 이제 와서 도형이한테 나와 사귈 생각 없냐고 솔직하게 고백을 할 수도 없는 노릇이었다. 괜히 말했다가 망신만 당할 수도 있다는 생각이 들었다. 혹시 도형이가 내 마음을 받아 준다고 해도 나 때문에 상처받을 현주를 떠올리자 도무지 용기가 나지 않았다. 거기에 라희까지 생각하면 머리가 더욱 복잡해졌다. 라희와 현주가 어이없어하며 나를 노려보는 모습도 떠올랐다.

"네가 내 친구야? 나랑 도형이랑 헤어지게 만들어 놓고 네가 도형이를 사귄다고?"

"도형이 좋아하고 있었으면서 감쪽같이 속이고 나를 소개시켜 준 거야? 어쩌면 나한테 이럴 수가 있어?"

아무리 생각해 봐도 도형이와는 이루어질 수 없는 사이가 분명했다. 나는 이러지도 저러지도 못하는 내 자신이 너무 한심해서 머리를 쥐어뜯었다.

다음 날, 나는 현주네 반으로 찾아갔다.

"도형이랑 잘되고 있는 거지?"

나는 속마음을 숨기기 위해 일부러 밝은 표정으로 물었다.

"그럼. 네 덕분에 잘 지내고 있어. 너 도형이 노래 들어 봤어? 노래 정말 잘하더라."

만난 지 얼마나 됐다고 벌써 현주한테 노래까지 들려줬나 싶어 마음이 상했지만, 겉으로는 태연한 척 애써 미소를 잃지 않으려고 노력했다.

"그럼. 들어 봤지. 도형이가 직접 만든 노래 들려줬구나?"

"도형이가 직접 만든 노래? 그건 아직 못 들어 봤는데……. 도형이랑 같이 있으면 마음이 편해. 우리는 서로 통하는 게 많은 것 같아. 도형이는 음악을 하고 싶은데 엄마 때문에 꿈을 포기해야 했나 봐. 나도 부모님 때문에 미술을 포기했거든. 우리 아빠가 군인이라 굉장히 엄해. 학교 성적이 조금만 떨어져도 외출 금지에 휴대전화도 압수당하는걸. 집에 있으면 숨이 막혀서 정말 미칠 것만 같아. 이건 너한테만 말하는 건데, 중학교 때는 너무 힘들어서 우울증도 왔었어. 그나마 독서실에 다니게 되면서 너처럼 좋은 친구도 사귀고, 도형이랑도 만날 수 있어서 정말 좋아.”

행복해하는 현주를 보자 괜히 미안한 마음이 들었다. 아무리 생각해 봐도 현주한테서 도형이를 빼앗아 갈 수는 없을 것 같았다. 빨리 내 마음을 정리하는 게 모두를 위해 좋은 일이었다. 나는 그 뒤로 도형이를 생각하지 않으려고 애썼다. 처음에는 조금 힘들었지만 시간이 지나자, 두 사람이 함께 있는 모습을 보게 되어도 별로 마음이 상하지 않았다.

하지만 현주의 행복은 그리 오래가지 못했다. 두 사람이 만난 지 한 달 정도 지나자, 근심이 있는 것처럼 현주의 얼굴이 점점 어두워졌다. 처음에는 집에 무슨 일이 있어서 그러려니 했는데, 그게 아니었다. 현주는 아주 심각한 얼굴로 나를 찾아와 고민을 털어놓았다.

“봄이야, 요즘 도형이가 좀 이상해.”

“왜, 무슨 일 있었어?”

“아니, 특별히 무슨 일이 있었던 건 아니지만……. 내가 보낸 문자에도 답이 없고 전화도 잘 안 해. 독서실에서 마주쳐도 빨리 들어가서 공부해야 한다고 바쁜 척하고. 내가 왜 그러냐고 물으면, 아무 일도 아니라면서 자꾸 짜증만 내. 도형이가 갑자기 왜 그러는지 너 혹시 아는 거 있나 해서."

"글쎄, 난 잘 모르겠는데……."

나는 바로 전날까지도 다른 날과 다름없이 인사를 나누던 도형이가 떠올랐다. 그런 도형이가 현주한테는 왜 그랬을까, 나도 궁금하기는 마찬가지였다.

"네가 좀 알아봐 주면 안 될까?"

현주는 간절한 눈빛으로 부탁했다. 그동안 혼자서 끙끙대느라 마음고생이 많았는지, 얼굴도 푸석푸석하고 두 눈에는 근심이 가득 차 있었다.

"알았어. 그거야 어렵지 않지만, 도형이가 나한테도 이야기 안 할지도 모르니까 너무 기대하지는 마."

"고마워."

나는 곧바로 도형이한테 문자를 보냈다.

—너 어디야?

—독서실에서 열공 중이지.^^

—지금 시간 있어?

—당연 있지, 누구 부름인데…….

─나랑 이야기 좀 해. 지금 편의점 앞으로 와.

─알았어.

조금 뒤, 회색 추리닝 바지를 입은 도형이가 주머니에 손을 찔러 넣고 어슬렁어슬렁 편의점 앞에 나타났다.

"웬일이냐? 귀하신 몸께서 나를 다 불러 주시고……."

도형이는 나를 보자마자 비꼬듯 말했다. 말투가 마음에 들지는 않았지만 아무렇지도 않은 척 도형이의 눈치를 살폈다.

"너, 혹시 요즘 무슨 일 있어?"

"일? 무슨 일?"

"집에 무슨 일 있는 거 아니야?"

"아니, 아무 일도 없는데……."

힘들어하는 현주와는 다르게 도형이는 너무나 태연하게 대답했다. 나는 그런 도형이의 태도에 화가 났다. 좀 더 단도직입적으로 묻기로 했다.

"그럼 현주한테는 왜 그래?"

"내가 뭘 어쨌다고 그래?"

"너 현주가 보낸 문자도 씹고, 연락도 잘 안 한다며?"

"네가 나한테 그런 걸 따질 자격이 있어? 너도 내가 보낸 문자 씹고, 답장도 잘 안 하잖아?"

도형이는 오히려 짜증 섞인 목소리로 빈정거렸다. 도형이의 갑작스러운 태도에 당황해서 나는 잠깐 멈칫했다.

"아니 나는, 그냥 현주랑 너랑 잘됐으면 하는 마음에서 물어본 거야."

"내가 현주랑 왜 잘돼야 하는데?"

도형이는 내 눈을 똑바로 바라보며 물었다.

"너희 둘 사귀는 거 아니었어?"

"무슨 소리야? 현주랑 내가 뭘 사귄다는 거야? 현주는 네 친구잖아. 그래서 몇 번 만난 것뿐인데, 걔랑 뭘 사귄다는 거야?"

"현주가 아무 말도 안 했어?"

"무슨 말?"

나는 이 상황을 어떻게 정리해야 하나 혼란스러웠다. 분명히 현주가 도형이한테 사귀자고 고백한다고 했기 때문에 당연히 도형이가 승낙을 해서 둘이 만나는 것인 줄로만 알고 있었다.

"좋아. 현주가 너한테 아무 말도 안 했다고 해도, 너한테 마음 있는 건 너도 이미 알고 있지 않아? 이제 와서 네가 모른 척하는 건 좀 비겁하다고 생각하는데……."

"그걸 왜 내가 신경 써야 하는데?"

나는 도형이의 말에 말문이 콱 막혔다. 내가 알고 있던 도형이는 생각이 깊고 신중했다. 그동안 도형이에 대해 아주 잘못 생각

했던 것은 아니었나 혼란스럽기만 했다. 하지만 다른 한편으로
는 도형이와 현주가 사귀는 문제에 대해서 내가 너무 쉽게 생각
했던 것은 아닐까 하는 생각이 들었다. 어쩌면 도형이는 아직까
지도 라희를 잊지 못하고 있을지도 모른다는 생각이 들었다. 만
약에 라희 때문에 그런 거라면, 도형이의 태도가 충분히 이해가
되고도 남았다. 라희와 헤어지고 나서 오랫동안 힘들어하던 걸
봐 왔으면서도, 한 번도 도형이의 입장에서 생각해 보지 않은 나
자신의 무심함이 미안해졌다.

"너 혹시, 라희 때문에 그런 거야?"

나는 조심스럽게 물었다. 그런데 도형이의 표정이 이상했다. 도
형이는 어이가 없다는 듯 오히려 쓴웃음으로 대답을 대신했다.

"그럼 도대체 왜 그러는데?"

"너 정말 몰라서 묻는 거야? 아니면 일부러 모르는 척하는 거
야?"

도형이의 목소리가 갑자기 커졌다. 지금껏 도형이가 한 번도 화
를 내는 것을 보지 못했기 때문에 도형이의 태도에 어안이 벙벙
할 따름이었다.

"그날 밤, 내가 왜 너한테 전화했는지 모르겠어? 새벽에 전화
해서 미친놈처럼 왜 노래를 불렀는지 정말 모르겠냐고? 내가 불
렀던 노래, 너 생각하면서 만든 거야. 그날 나는 너한테 내 마음

을 고백한 거라고……."

순간, 몸이 꽁꽁 얼어붙는 것 같았다. 그날 밤 도형이가 무슨 의미로 노래를 부르는지도 모르고 전화기를 내려놓은 채 꾸벅꾸벅 졸던 내 모습이 떠올랐다. 도형이가 직접 만든 노래를 듣지 못했다는 현주의 말도 떠올랐다.

도형이가 왜 이토록 화를 내는 건지, 나는 그제야 이유를 알 것 같았다. 그것도 모르고 도형이한테 현주를 소개해 줬으니……. 내가 얼마나 바보짓을 한 것인지 뚜렷이 깨닫게 되었다. 나는 이 상황을 어떻게 수습해야 하나 가슴이 답답했다. 영원히 벗어날 수 없는 블랙홀에 빠져드는 느낌이었다.

내 자리로 돌아와 앉자, 기다렸다는 듯이 현주가 다가왔다.

"도형이가 뭐라 그래?"

"글쎄…… 나도 잘 모르겠어."

나는 빤히 바라보고 있는 현주의 눈길을 피해 서둘러 책상 위에 있던 필기도구를 정리했다. 그렇게라도 딴청을 부리지 않으면, 도형이와의 사이에서 있었던 일을 모두 들켜 버릴 것 같아 두려웠다. 나는 방금 필통에 넣었던 보라색 펜을 바보처럼 다시 꺼내고 말았다. 혹시 현주가 눈치챈 것은 아닐까, 펜을 쥐고 있던 손에 땀이 났다.

"정말 도형이가 아무 말도 안 해?"

현주는 애가 타는 듯 다시 한번 물었다.

"그렇다니까."

내 무성의한 대답에 현주는 몹시 실망한 얼굴로 힘없이 돌아섰다. 쓸쓸한 현주의 뒷모습을 바라보니 마음이 아팠다. 하지만 나도 너무 혼란스러웠기 때문에 현주의 마음까지 살펴 줄 여유가 없었다. 빨리 시간이 흘러 이 모든 상황이 저절로 해결되기만을 바랄 뿐이었다.

집에 가려고 독서실을 나설 때였다. 건너편 골목에서 여자의 흐느끼는 소리가 들리더니, 누군가 후다닥 달려 나왔다. 골목 안이 어두웠기 때문에 조금 지난 뒤에야 여자의 얼굴을 확인할 수 있었다. 하늘색 원피스를 입은, 두 손으로 얼굴을 가리고 있는 소녀는 다름 아닌 현주였다. 피곤하다며 열 시쯤에 독서실을 나섰던 현주가 왜 열한 시가 넘은 시각에 골목에서 달려 나오는 것인지, 도무지 이유를 알 수 없었다. 혹시 무슨 일이 생긴 건 아닐까 쫓아가려는데, 어두운 골목에서 도형이가 달려 나왔다. 난감해하는 도형이의 표정을 보고 나서야 나는 오늘 낮에 도형이와 나누었던 대화가 떠올랐다. 현주가 걱정되었지만 내가 끼어들 상황이 결코 아니라는 걸 직감적으로 알 수 있었다. 현주는 곧바로 아래쪽 찻길로 달려갔다. 도형이는 현주의 뒤를 쫓다가 나를 발견하고는 걸음을 멈추었다. 자신도 어찌할 수 없었다는 듯, 나를 바라보며 길게 한숨만 내쉬었다. 도형이의 한숨에 전염이라도 되듯 내 입에서도 저절로 한숨이 새어 나왔다. 하지만 내가 할 수 있는 게 없었다. 나는 도형이를 외면하고 빠른 걸음으로 걸었다.

"봄이야."

뒤에서 도형이가 내 이름을 부르는 소리가 났다. 나는 귀에 이어폰을 꽂고, 음악 소리를 크게 키웠다. 빠른 비트의 음악 소리만이 귓가에 윙윙 맴돌았다.

나는 어제 일이 걱정되어서 점심시간을 이용해 현주네 반을 찾았다. 하지만 현주네 반 아이들한테서 현주가 무단결석을 했다는 말만 전해 들었다.

왜 일이 이렇게 되어 버린 것인지 답답할 따름이었다. 도대체 어디서부터 어떻게 잘못된 건지, 할 수만 있다면 시곗바늘을 거꾸로 돌리고 싶은 심정이었다. 현주를 도형이한테 소개시켜 주던 순간, 아니면 도형이와 가까워지던 순간, 더 거슬러 올라가서 라희가 도형이에 대해 물었을 때 바로 그 순간으로 돌아가 도형이에 대해 묻는 라희의 질문에 네 인생이니까 네가 알아서 하라고 크게 소리치고 싶었다. 정말 그 순간으로 돌아갈 수만 있다면 말이다.

나는 집으로 돌아와 컴퓨터를 켜고 도형이한테 메일을 썼다. 시간을 다시 되돌릴 수도, 잘못된 일을 바로잡을 수도 없지만 내가 할 수 있는 일이 있다면 무엇이든지 해야 한다는 생각에 서였다.

나, 봄이야.

어제 낮에 너한테 하지 못한 말이 있어서 이렇게 메일을 쓰게 됐어.

나, 그날, 네 노래 듣지 못했어. 너무 졸려서 휴대전화를 내려놓고 있었거든. 그 노래가 무슨 내용이었는지 못 들었기 때문에 알지도 못하지만, 솔직히 이제 와서 알고 싶지도 않아.

넌 나한테 좋은 친구지만, 그 이상 생각해 본 적은 없어. 너 또한 나를 좋은 친구로만 생각해 주길 바라고.

그리고 또 하나 고백할 게 있는데…… 예전에 라희가 너에 대해 물어 왔던 적이 있어. 너와 헤어지는 문제에 대해서…….

일부러 그런 건 아니었지만, 솔직히 네가 마음에 안 든다고 말했어. 스토커 이야기를 꺼낸 것도 바로 나였고. 내 이야기를 듣자마자, 라희가 너와 헤어지기로 결심을 했어. 핑계로 들릴지 모르지만, 정말 그렇게 빨리 결정할 줄은 몰랐어.

나중에야 네가 어떤 사람인지 너의 진심을 알게 됐지만, 그때는 이미 되돌릴 수 없는 일이 되어 버렸어.

그동안 너한테 베풀었던 나의 친절은 바로 너에 대한 미안함에서 시작된 거야. 나를 욕해도 좋고, 원망해도 좋아. 하지만 너를 진심으로 좋아했던 현주의 마음을 네가 꼭 알아주면 좋겠다.

네가 현주의 마음을 지켜 주길 바란다면 지나친 욕심일까?

오늘 현주가 학교에 나오지 않았어. 상처가 꽤 컸나 봐. 우리 두 사람 때문에 상처를 가장 많이 받은 사람은 현주야. 혹시 도와줄 수 있다면, 현주가 다시 자기 자리로 돌아올 수 있도록 네가 곁에 있어 줘. 부탁할게.

—너의 친구, 봄

나는 하고 싶었던 말을 다 정리하고, 곧바로 보내기 버튼을 눌렀다. 컴퓨터 화면에는 편지가 발송되었다는 신호가 떴다.

며칠이 지난 뒤에도 현주는 학교와 독서실에 나타나지 않았다. 영원히 찾을 수 없는 곳으로 꽁꽁 숨어 버린 것 같았다. 현주를 위해 아무것도 할 수 없는 나 자신이 원망스러울 뿐이었다.

"봄이야, 너 그거 알아?"

한참 현주의 일로 고민하고 있는데, 라희가 붉게 상기된 얼굴로 다가왔다.

"뭐? 현주 이야기야?"

"뭔 소리야? 난 지금 도형이 이야기 하고 있는데……."

"도형이가 왜?"

나는 놀라서 물었다.

"너, 몰랐어? 도형이 학교 때려치운 거?"

"그게 무슨 말이야? 도형이가 왜 학교를 때려치웠다는 거야? 자세히 좀 말해 봐."

나는 다그치듯 물었다.

"너도 몰랐구나……. 하기야 나도 오늘 주영이한테 듣고 깜짝 놀랐어. 주영이가 자기네 오빠한테 들었는데, 도형이 때문에 보현 고등학교가 발칵 뒤집혔대. 도형이가 사귀던 여자애가 집을 나갔는데, 여자애네 부모님이 도형이네 학교에 와서 난리를 쳤나 봐. 그래서 도형이가 학생부에 끌려갔는데, 학생부 선생님한테 엄청 혼나고 일주일이나 정학을 맞았대. 도형이는 완전 화나서 의자 던져 버리고 밖으로 뛰쳐나갔나 봐. 그리고 다음 날인가, 도형이네 엄마가 학교에 와서 자퇴서 썼다고 하더라고. 내가 아는 도형이는 얌전한 애였는데, 걔가 그렇게 변할 거라고는 상상도 못 했어. 도대체 도형이랑 사귀던 여자애가 누구야? 넌 알고 있지?"

라희는 거기까지 말해 놓고 그제야 눈치를 챈 듯, "그 애가 현주였어?" 하고 물었다. 나는 아무 대답도 하지 못하고 멍하니 허공만 바라보았다.

내가 현주를 다시 만나게 된 건, 그로부터 3년 뒤였다.

대학에 떨어진 뒤, 재수를 결심하고 대입 학원에 다니고 있을 때였다. 그사이 라희는 서울에 있는 대학에 합격했지만, 좀 더 좋은 대학에 가기 위해 휴학계를 내고 다시 재수를 시작한 뒤였다. 가끔 학원가 근처에서 라희를 만날 수 있었다. 서울에 있는 대학이라면 아무 대학이나 가도 상관없다고 생각했던 나와는 다르게 명문대에 가기 위해 다시 재수를 시작한 라희를 보며, 사는 게 더없이 갑갑하게 느껴졌다. 그렇다고 공부 말고 다른 걸 생각해 본 적도 없고, 딱히 다른 목표도 없었다. 그동안 부모님 몰래 열심히 만화를 그리기는 했지만, 그렇다고 만화가의 꿈을 키울 용기도 없었다. 아침에 눈을 뜨면 습관처럼 학원으로 향하는 버스에 몸을 실을 뿐이었다.

그날도 학원 수업이 끝나고 집으로 가기 위해 버스에 몸을 실었다. 나는 가장 안쪽 자리에 서 있다가, 버스가 집 근처에 도착했을 때 뒷문 쪽으로 걸어 나왔다. 그런데 뒷문 앞에 낯익은 얼굴이 보였다. 한쪽 팔에 문신을 한 짧은 머리의 여자는 3년 전 연락이 끊긴 현주였다. 내가 한참 동안 빤히 바라보고 있었기 때문에, 내 시선을 느낀 현주가 내 쪽으로 고개를 돌렸다.

"현주, 맞지?"

내가 묻자 현주가 미소를 지으며 고개를 끄덕거렸다. 그리고 한동안 어색한 침묵이 흘렀다. 내가 먼저 용기를 내어 이야기를 꺼냈다.

"잘 지냈어?"

"응. 나 학교 그만두고 난리 났었지?"

"어떻게 지냈어? 그동안 연락도 없고……."

"좀 바빴어. 학교 자퇴하고 나서 직업학교로 갔어. 거기서 미용 기술 배워서 지금은 명동에 있는 헤어숍에서 일하고 있어."

현주는 밝게 웃으며 명함을 내밀었다. 명함에는 '헤어 디자이너 김현주'라고 적혀 있었다.

"벌써 헤어 디자이너야? 여기 꽤 큰 데잖아."

"남들은 고등학교 졸업하고 시작하는데, 내가 좀 일찍 시작했잖아."

"좋아 보인다. 너 학교 떠났을 때 걱정 많이 했는데……."

나는 진심으로 그렇게 생각했다.

"그랬구나……. 하지만 내가 그렇게라도 하지 않았다면 나는 지금도 우리 부모님이 이끄는 대로 의미 없이 끌려가고 있었을 걸. 모두들 내가 도형이 때문에 가출한 줄 아는데, 사실 그것 때문만은 아니었어."

"그랬구나. 참, 도형이랑 아직도 연락하고 지내?"

"응. 지금은 좋은 친구로 지내고 있어. 도형이 학교 그만두고 처음에는 방황 많이 했는데, 지금은 잘 지내고 있어. 홍대 클럽에서는 꽤 알아주는 가수야. 거의 매일 공연하니까 시간 있으면 꼭 찾아가 봐. 클럽 이름이 '카오스'인데, 거기에 가면 도형이 볼 수 있을 거야. 도형이도 너 보면 좋아하겠다."

다음 정류장에 버스가 멈추자, 현주는 나한테 그 말만 남기고 서둘러 내렸다. 나는 현주와 이야기를 나누느라 내려야 할 정류장을 지나쳤다는 사실을 알게 되었다. 다른 때 같으면 마음을 졸였을 것이다. 그리고 급하게 버스에서 내려 종종걸음으로 집을 향해 걸어갔을 것이다. 하지만 오늘은 조급한 마음이 들지 않았다.

나는 버스 손잡이에 몸을 실은 채, 가만히 창밖을 바라보았다. 국민은행, 광장서점, 베이커리를 지난 버스는 내가 졸업했던 고등학교로 향하고 있었다. 그리고 30분 뒤, 종착역을 지나 처음부터 다시 정류장을 훑고 지나갔다. 그리고 한참 뒤, 버스는 내가 내려야 할 정류장 반대편에 멈추어 섰다. 아침마다 학원 가는 버스를 기다리던 정류장이었다. 시간이 많이 지난 뒤였지만 마치 여행을 하고 난 것처럼 마음이 가벼웠다.

다음 날 나는 늘 그랬던 것처럼 똑같은 정류장에서 버스를 탔다. 하지만 종착역은 입시 학원이 위치한 노량진이 아니었다. 신

촌에서 내린 나는 아빠한테 받은 학원비를 신문사 문화센터에
개설된 '왕초보 만화작가 학교' 수강비로 몽땅 써 버렸다. 아빠
가 알면 노발대발 난리가 나겠지만, 이제는 다른 사람 눈치 보
지 않고 정말 나 자신의 삶을 살아야겠다는 생각이 들었다. 근처
편의점에 들러 아르바이트 자리도 하나 구했다. 다음 달 수강비
는 직접 벌어야겠다는 생각에서였다. 그리고 지하철 2호선에 몸
을 실었다. 내가 탄 지하철은 홍대를 향해 힘차게 달리고 있었다.

『어떤 고백』을 처음 출간한 지 벌써 십여 년이 지났습니다. 사랑과 우정을 통해 성장하는 이야기를 청소년의 입장에서 생생하게 쓰려고 노력했던 기억이 납니다.

그러나 개정판을 준비하며 원고를 다시 보니 십여 년의 시간이 흐르는 동안 세상이 참 많이 바뀌었다는 실감이 들었습니다. 사라진 것도 있고, 변한 것도 많지만, 여전히 지켜야 할 소중한 가치도 있습니다. 그래서 『어떤 고백』의 개정판은 세 편의 소설을 덜어 내고, 새롭게 쓴 「우주 소녀」와 「수」가 더해진 모습이 되었습니다. 그동안 『어떤 고백』을 사랑해 주신 독자들께 진심으로 감사드리고, 새롭게 개정된 『어떤 고백』도 많이 사랑해 주시길 부탁드립니다.

지금도 학교, 집, 도서관, 지하철 그리고 후미진 골목에서 각자의 시간을 살아가고 있을 소설 속 주인공 하나, 수, 문순, 진아, 봄이와 같은 청소년에게 응원을 보냅니다. 힘들어도 사랑하고 성장하며 자신의 우주를 넓혀 가기를 바랍니다.

당신이 세상에서 가장 멋진 존재입니다!

2020년 가을

김리리

어떤 고백

ⓒ 2010 · 2020 김리리

초판 1쇄 발행 2010년 2월 25일
개정판 1쇄 발행 2020년 10월 15일 | **개정판 3쇄 발행** 2025년 5월 9일

지은이 김리리 | **책임편집** 엄희정 | **편집** 원선화 이복희 | **디자인** 이지인
마케팅 정민호 서지화 한민아 이민경 왕지경 정유진 정경주 김수인 김혜원 김예진 나현후 이서진
브랜딩 함유지 박민재 이송이 김희숙 박다솔 조다현 김하연 이준희
저작권 박지영 형소진 오서영 | **제작** 강신은 김동욱 이순호 | **제작처** 상지사
펴낸곳 (주)문학동네 | **펴낸이** 김소영 | **출판등록** 1993년 10월 22일 제2003-000045호
주소 10881 경기도 파주시 회동길 210 | **전자우편** kids@munhak.com
홈페이지 www.munhak.com | **카페** cafe.naver.com/mhdn
북클럽 bookclubmunhak.com | **트위터** @kidsmunhak | **인스타그램** @kidsmunhak
대표전화 (031)955-8888 | **팩스** (031)955-8855

ISBN 978-89-546-0985-2 03810